별을 던지는
세브란스

국립중앙도서관 출판예정도서목록(CIP)

별을 던지는 세브란스 : 세브란스 의료진의 사랑 이야기 /
엮은이: 연세대학교 의료원 원목실 ; 지은이: 정현철 외 29
인. ─ 서울 : 동연, 2017
    p. ;   cm

ISBN 978-89-6447-355-9 03800 : ₩13000

수기(글) [手記]

818-KDC6
895.785-DDC23   CIP2017007438

별을 던지는 세브란스

2017년 3월 22일 초판 1쇄 인쇄
2017년 3월 29일 초판 1쇄 발행

엮 은 이 | 연세대학교 의료원 원목실
지 은 이 | 정현철 외 29인
펴 낸 이 | 김영호
펴 낸 곳 | 도서출판 동연
등   록 | 제1-1383호(1992. 6. 12)
주   소 | 서울시 마포구 월드컵로 163-3
전   화 | (02)335-2630
전   송 | (02)335-2640
이 메 일 | yh4321@gmail.com

ISBN 978-89-6447-355-9 03800

세 브 란 스 의 료 진 의 사 랑 이 야 기

★ 별을 던지는 세브란스 ★

동연

✴ 생명의 기로에 있는 환자들에게 의료진은 절대적인 존재입니다. 하지만 의료진이 수많은 환자들을 대하다 보면 자기도 모르는 새 타성에 젖어 진료하기 마련이지요. 그런 타성에서 벗어나 하나님 앞에 자기를 세우며 환자들을 섬기기 위해 몸부림치는 그들의 노력이 지금의 세브란스를 있게 한 것이라 생각됩니다. 세브란스 의료진들에 대한 신뢰를 더하게 하는 생생한 체험담을 통해 그리스도의 사랑을 실천하는 본을 보게 됨을 감사드립니다.

박종화 목사(경동교회 은퇴목사, 국민일보 이사장)

✴ 병들어 아플 때 우리 마음은 가장 약해집니다. 그 마음 알아주는 이가 진료한다면 얼마나 감사할까요. 사랑 때문에, 무엇보다도 예수 그리스도의 사랑의 마음을 나누고 싶어서 진료하는 이들이 있어 감사합니다. 그 수고에 박수를 보냅니다. 지금처럼 앞으로도 몸과 마음이 아픈 이들을 위해 치료의 손길 멈추지 않으시길 기도하며 그 사랑에 격려를 보내는 뜻에서 꼭 추천합니다.

이성희 목사(연동교회 담임목사, 대한예수교장로회 통합 총회장)

✴ 이 땅에 생명만큼 소중한 것이 어디 있을까요? 그 생명을 살리기 위한 의료진들의 노력은 세상에서 가장 값진 것이 아닌가 싶습니다. 질병으로 인해 고통당하는 이들이 자유롭게 살아갈 수 있도록 지극정성을 다하는 의료진들의 구슬진 땀방울을 눈에 보는 듯합니다. 모쪼록 이 글을 읽는 이들이 세브란스의 의료진들이 어떠한 마음으로 환자를 대하고 있는지 조금이라도 알게 되어 격려한다면 더욱 힘을 낼 수 있을 것 같습니다. 의료진들과 환자분과 가족분들 위에 하나님의 크신 은혜가 함께 하시길 축복하며 일독을 권합니다.

이영훈 목사(여의도 순복음교회 담임목사, 한기총 대표회장)

✦ 연세의료원의 기독교 정신을 잘 엿볼 수 있는 생생한 글을 통해 의료진들이 어떤 마음으로 환자들을 대하고 있는지 잘 알게 되었습니다. 하나님의 부르심에 응답하면서 한 걸음 한 걸음 하나님과 동행하고 계시는 모습에 감동이 되었습니다. 갈수록 각박해지는 세상을 살고 있지만 이런 마음으로 일하는 분들이 있어 희망이 있습니다. 희망을 주는 사역에 하나님의 은혜가 늘 충만하기를 기도하며 귀한 책과의 만남을 감사드립니다.

이재훈 목사(온누리교회 담임목사)

✦ 너희가 여기 내 형제 중에 지극히 작은 자 하나에게 한 것이 곧 내게 한 것이니라(마 25:40) 이 세상에 존재하는 모든 사람이 하나님의 형상으로서 모두 다 존중받아야 하고 치료받을 권리가 있음을 행동으로 보여준 의료진들의 인내와 헌신에 눈길을 떼기 어려웠습니다. 인간이기에 겪는 갈등과 고뇌 속에서도 자리를 지키며 수고해 준 이들이 있었기에 환자들은 고통 가운데서 희망의 끈을 놓지 않을 수 있었으리라 생각합니다. 귀한 섬김에 감사드리며 추천합니다.

이중명 회장(에머슨퍼스픽 회장, 연세의료원 발전위원회 위원)

✦ 연세의료원의 초기라 할 수 있는 '광혜원'(廣惠院)과 '제중원'(濟衆院). 널리 은혜를 베푸는 병원, 누구라도 질병으로부터 구제를 받을 수 있는 병원의 정신이 지금도 잘 계승되고 있는 것을 보고 감동했습니다. 세브란스병원에서 치료받은 많은 이들이 그 은혜를 마음에 간직하고 살아가고 있을 것입니다. 앞으로도 계속 생명 구제의 사명 잘 감당하셔서 하나님께 기쁨이 되는 의료진이 되길 축복하며 추천의 글을 드립니다.

최복이 이사장(본사랑재단 이사장)

환자는 우리를 찾아오신
예수님입니다

　　　　　　연세대학교 의료원 원목실이 세브란스병원에서
근무하는 의료진의 감동적인 이야기를 담은『별을 던지는 세브란
스: 세브란스 의료진의 사랑 이야기』를 출판하게 된 것을 축하하고,
이를 위하여 수고하신 원목실과 소중한 경험을 나누어주신 의료진
에게 감사를 전합니다. 이전에 출판한『쿵쿵, 다시 뛰는 생명의 북소
리』에서는 치유의 기적을 경험한 환자들의 이야기를 다루었고,『더
아파하시는 하나님』에서는 질병과 장애, 죽음을 통해 발견한 고난의
의미, 하나님의 섭리를 다룬 바 있습니다. 이번 책『별을 던지는 세브

란스』는 의료진이 현장에서 환자를 치료하며 겪은 경험을 통해 깨달은 하나님의 사랑, 연세의료원이 지향하는 기독교 정신을 이야기합니다.

그동안 출간했던 책들은 수술과 치료를 받은 환자들의 이야기였다면, 이번 책은 수술하고 치료하는 의료진의 이야기라는 점에서 각별한 의미를 지닙니다. 치료를 받는 입장이 아닌, 치료하는 입장에선 이들이 치료라는 과정에서 어떤 생각을 하는지, 어떠한 어려움을 겪는지, 하나님과 어떠한 만남이 일어나는지를 때로는 열정 어린 말투로, 때로는 담백한 말투로 전합니다. 여러분께서는 이 책을 통해 병원에서 행하는 '치료'가 단순히 상처나 병을 치료하는 것만이 아니라, 환자와 의료진이 나누는 끊임없는 교감의 과정이자, 하나님의 은혜와 사랑이 순간순간 임할 때 완성될 수 있는 선교적 과정임을 알게 될 것입니다.

연세의료원의 의료진에게 환자는 치료의 '대상'이기 전에 치료라는 과정을 함께하는 '동료 인간'이며 하나님의 사랑 아래 함께 살아가는 형제, 자매입니다. 책을 읽으며 저는 이 당연한 진리를 새삼스럽게 깨달았고 이 깨달음의 빛으로 저 자신과 연세의료원이 걸어온 길을 되돌아보았습니다. 연세의료원은 "하나님의 사랑으로 인류를 질병으로부터 자유롭게 한다"라는 것을 사명으로 하고 있습니다. 인류를 질병으로부터 자유롭게 하는 것은 모든 병원이 짊어진 과제이지만, 세브란스병원은 이를 '하나님의 사랑으로' 진행한다는 점에서 독특성이 있습니다. 연세의료원에게 병은 비단 육체적인 질병만을 가리키지 않으며 영적 질병까지 포괄합니다. 저는 '하나님의 사랑으로' 치료 과정을 통해 환자의 육체적 치유와 영적인 치유를 모두 이루는 것이야말로 우리의 궁극적인 책임이라고 믿습니다.

예전에 어떤 목사님께서 환자와 의사의 관계는 갑과 을의 관계가 아니라 예수와 그리스도인의 관계라 설교하신 적이 있습니다. 그리스도인이 예수님을 섬기듯 의료진이 환자를 섬기면 의사와 환자의 관계는 새로운 차원으로 거듭날 수 있다는 것이 설교의 핵심이었습니다. 2015년에 리퍼트 주한 미국대사가 세브란스병원에 입원했을 때 대통령께서 방문한 적이 있습니다. 대한민국의 수장인 대통령의 방문이었기에 당시 세브란스병원 전체가 비상이었습니다. 대통령의 이동 경로를 미리 파악하고 방문을 준비하는 작업이 한 치의 오차도 없이 완벽하게 이루어지도록 만반의 준비를 다 했습니다. 많은 수고와 노력이 필요한 과정이었지만, 준비하는 모든 이들은 이를 당연하다고 생각했습니다.

한 나라의 대통령이 방문할 때도 최선을 다하는데, 만약 우리에게 가장 귀중한 분이신 예수님께서 오늘 병원의 외래에 오신다면 우리는 어떻게 대면해야 할까요? 의료진은 첫 진료부터 마지막 과정까지 최선을 다해서 예수님을 모실 것입니다. 말 한 마디 한 마디에 사랑과 배려를 담을 것입니다. 많은 수고와 정성을 필요로 하겠지만, 그 모든 과정을 힘들다고 생각하기보다는 감사와 은혜라 생각할 것입니다. 마찬가지로 우리 의료진은 세브란스를 찾아온 많은 환자를 예수님을 대하듯이 진료하고자 합니다.

물론, 하루에도 수없이 많은 환자가 오기 때문에 항상 한 사람 한 사람에게 정성을 다하여 최선의 진료를 한다는 것은 말처럼 쉬운 일은 아닙니다. 특히 세브란스병원처럼 거대한 병원은 한정된 시간 안에 최대한 많은 환자를 진료해야만 하기 때문에 모든 이를 예수님처럼 섬기는 일은 너무나 고되고 힘든 일입니다. 더군다나 정성을 다한다 하더라도 환자분이 이를 받아들이지 않고 오히려 부정적인 말과 행동을 보인다면 의료진은 마음에 상처를 입을 수도 있습니다. 40여 년 전, 저 또한 레지던트로 근무하던 때 환자가 던지는 막말을 들은 적이 있습니다. 너무나 큰 충격을 받아서, 지금도 제 마음에 상처로 남아 있습니다. 이밖에도 의료 현장에서 환자를 예수님처럼 섬기고 진료하는 데는 적지 않은 어려움과 장애물이 존재합니다.

그럼에도 불구하고 우리는 예수 그리스도가 걸어가셨던 그 길을

별을 던지는 세브란스

생각하며 예수님처럼 살아야만 합니다. 예수님은 언제나 사회적 약자에게 먼저 다가가셨고, 한 번도 그들의 어려움을 지나치신 적이 없었습니다. 그들의 아픔을 듣고 아파하시며, 돌보고 치유하셨습니다. 일하는 것이 금지된 안식일에도 율법사들과 바리새인들이 지켜보는 가운데 손 마른 자를 치유하고, 유대인의 정결법상으로 멀리해야만 하는 나병 환자를 직접 손으로 만지며 치유하셨습니다. 여러 규례와 율법, 어려움과 장애가 있더라도 예수님은 병들고 아픈 이들을 치유하는 행위를 멈추지 않으셨습니다. 그들에게 예수님은 마지막 희망이며 생명이었기 때문에 예수님께서는 어떠한 어려운 상황에서도 치유와 회복의 사역을 멈추지 않으셨던 것입니다.

연세의료원은 1885년, 광혜원과 제중원 때부터 지금까지 이 세상의 그 무엇보다 환자를 가장 소중하게 생각하며 사랑하고 섬기는 기독교 정신을 이어왔습니다. 과거 광혜원과 제중원에서 환자를 치유할 때, 백정부터 왕까지 환자의 신분에 상관없이 동일하게 돌보고 치료해왔습니다. 마태복음 25장 40절의 "지극히 작은 자 하나에게 한 것이 곧 내게 한 것이니라"라는 말씀대로 아프고 병든 환자들 모두를 예수님이라고 생각하며 치료했기 때문입니다. 환자들에 대한 이러한 생각이야말로 132년을 넘게 내려온 연세의료원의 가장 중요하고 기본적인 기독교 정신이라 할 것입니다.

이 기독교 정신이 있기 때문에 세브란스병원은 단순히 환자 수를 확보하거나 이익을 늘리는 것에 초점을 맞추지 않습니다. 병원의 발전을 위하여 컨설팅이나 감사를 하면, 세브란스병원이 다른 병원에 비하여 한 병상당 이익이 낮기 때문에 이를 증가시켜야만 한다고 합니다. 하지만, 연세의료원은 무엇보다 기독교 정신을 가장 중요한 근간으로 생각하기에 환자보다 경제적 이익을 중요하게 여기지 않습니다. 우리의 목표는 단순히 환자의 숫자나 이익을 증가시키는 것이 아니라 환자의 전인치료와 회복에 있기 때문입니다. 병원을 찾는

별을 던지는 세브란스

모든 환자가 예수님인데, 이익 창출을 위하여 예수님이 경제적 부담을 겪게 하거나 그분에게 불만족스러운 진료를 제공하는 것은 가장 중요한 것이 무엇인지를 망각하는 행위입니다. 연세의료원은 환자의 안전과 치료의 질을 높이기 위하여 최선을 다하며 필요하지 않은 검사는 제외함으로써 비용을 최소화하고자 노력하고 있습니다.

저는 우리 연세의료원이 어떠한 상황에서도 환자를 예수님으로 섬기며 최고와 최선을 다하는 병원으로 국민과 사회로부터 인정을 받고 신뢰를 얻기를 소망합니다. 1885년 제중원을 통하여 대한민국 의료의 신세계를 열었던 것처럼 앞으로도 연세의료원은 기독교 정신, 환자 중심 문화, 헌신과 봉사 등을 통하여 의학계의 새로운 물결을 선도해 나갈 것입니다.

두려워하지 말라 내가 너와 함께 함이니라 놀라지 말라 나는 네 하나님이 됨이니라 내가 너를 굳세게 하리라 참으로 너를 도와주리라 참으로 나의 의로운 오른손으로 너를 붙들리라(이사야 41장 10절).

세브란스는 하나님께서 예비하신대로 걸어왔고, 앞으로도 세상에 빛을 발하며 담대하게 걸어갈 것입니다. 우리가 항상 하나님의 사랑으로 환자를 예수님처럼 대하고, 최선을 다한다면 하나님께서는 그 예비하신 길을 우리에게 인도하실 것입니다. 그것이 바로 우리 연세의료원이 132년 전부터 지켜왔던 기독교 정신이며, 하나님께서 바라시는 길일 것입니다.

우리 연세의료원이 걸어왔고 앞으로 지켜나가야 할 그 길을, 이 책 『별을 던지는 세브란스』에 글을 기고하신 의료진은 유감없이 보여주고 있습니다. 이 소중한 이야기들로 인하여, 의료진과 환자분들 모두에게 깊은 감동과 삶의 구체적인 변화가 있기를 바랍니다. 의료진에게는 하나님의 사역을 함께하는 믿음의 동역자들이 있음에 감사하고 서로 의지하기를 바랍니다. 환자분들은 이 책으로 인하여 치료를 하는 의료진의 마음이 어떠한지를 알고 이해하며 치료받는 가운데 치료의 동역자가 되기를 바랍니다. 바로 그때 육체적인 치료와 동시에 영적인 치료가 일어날 것이며, 이러한 전인치료 가운데 하나님의 역사하심이 크게 나타날 것이라고 확신합니다.

하나님의 은총이 여러분에게 충만하게 임하기를 기원합니다.

2017년 3월
연세대학교 의무부총장 겸 의료원장
윤도흠

| 차 례 |

1부　환자와 함께 걷다

2부　이웃에 대한 사랑

3부 하나님과 함께하는 여행

66 하나님!
이러한 일에 나를 도구로
사용하여 주심을 감사합니다.
언제나 저와 동행하시는
당신의 손을 잡고
인도하시는 대로 살아가렵니다. **99**

1부

환자와
함께 걷다

환자와 함께 가는 여행길

★

교수 안신기

밤 10시, 퇴근하기 전에 중환자실에 들렀다. 이찬우 씨 때문이었다. 우려했던 대로 그는 침대에 눕지 못하고 앉아 있었다. 내일 아침 응급수술을 하기로 했다. 어려운 심장 수술이 될 것이다. 그의 진단명은 비후성심근증(hypertrophic cardiomyopathy)이었다. 그것도 좌심실의 중간 부위가 심하게 두꺼워졌기 때문에 심장이 뛸 때마다 두꺼워진 부위가 좁아지면서 그로 인해 심실 내의 압력이 높아지는 매우 희귀한 경우였다. 어떻게든 증상을 좋게 하려고 약도 쓰고, 박동기 시술도 하고, 전기생리학검사도 하고 여러 치료를 진행해왔다. 그런데 급기야 좌심방과 좌심실 사이에 있는 승모판막을 붙잡아 주는 낙하산 줄과 같은 축삭이 끊어진 것이다. 그로 인해서 급성승모판역류증(acute mitral regurgitation due to chordal rupture)이 생겼고, 이어서 급성심부전이 나타나고 폐부종이 심해졌다. 다른 방법은 없고, 이제 수술로 해결할 수밖에 없다.

두꺼워진 심실 벽을 깎아내고, 문제가 된 심장판막을 떼어내고, 인공판막을 이식하는 수술은 간단한 수술이 아니다. 희귀한 예이기 때문에 수술 경험도 많지 않았다. 내일 수술을 집도하기로 한 교수님도 이런 경우는 처음이라고 했다. 여러 가지 상황이 좋지 않았다. 환자가 나를 믿고 따라 주었는데, 이제 내과 의사가 할 수 있는 한계를 넘어선 것이다. 간단하지 않은 수술을 응급으로 해야 한다. 이런 복잡한 심경으로 침상에 다가가 그의 곁에 앉았다. 당시 심장혈관센터의 중환자실(intermediate CCU) 침상은 매우 낮아서 그의 곁에 앉을 수 있었다. 숨을 헐떡이는 그의 손을 잡고 이렇게 말했다.

"이찬우 씨, 걱정이 되어 올라왔어요. 제가 이찬우 씨를 위해서 기도하고 싶은데, 기도해도 될까요?"

그는 고개를 끄덕였고, 나는 그를 위해서 기도했다. 내 능력을 벗어난 상황인 것 같아서 하나님께 간절히 이 상황을 잘 이길 수 있도록 기도했다. 기도를 마치자 그가 이렇게 말했다.

"안 선생, 혹시 내가 죽거든 꼭 내 심장 꺼내서 쪼개봐 줘! 다 낱

낱이 쪼개보고, 공부해서 나 같은 사람 꼭 살려줘!"

그렇게 힘들었던 것일까? 나는 무슨 말씀이냐고 말하며 그를 위

로하고 나왔다. 그리고 그의 의무기록을 열어보았다. 종교란에는 불

교라고 적혀있었다. 그의 종교는 비록 나의 종교와 달랐지만, 그는

나의 진심을 믿었던 것 같다. 그날 밤은 그렇게 지났다.

다음 날 아침 회진을 하는데, 수술실에서 전화가 왔다. 마취과장

인 홍 교수님이셨다. 전화를 받자마자 댓바람에 소리를 지르며 욕을

해댔다.

"안신기, 너 환자를 어떻게 본 거야? 환자가 들어오자마자 심정

지(arrest)가 일어났어!"

그도 그럴 것이 환자가 수술 방에 도착하면서 그만 심장마비를 일

으킨 것이다. 수술 방은 순식간에 아수라장이 되었다. 심폐소생술을

하면서, 환자의 수술을 위해 가슴을 여는 과정이 서둘러 진행되었다.

내게 그렇게 고래고래 소리를 지르며 욕을 해댄 교수님이 오히려 고

마웠다. 왜냐하면, 심장마비를 일으킨 그 환자의 소생술을 진행하면

서 수술을 시작할 수 있도록 해주었기 때문이다. 여러 가지로 염려스

러운 수술이 최악의 상황에서 시작된 것이다. 어렵게 시작한 수술은

첫째로 좌심실의 두꺼워진 근육을 제거하고, 이어 손상된 승모판막을 제거한 후 인공판막으로 치환하는 수술까지 예정대로 진행되었다. 감사하게도 이찬우 씨는 그 모든 것을 견디어 주었다.

수술을 마친 후 그는 중환자실로 옮겨졌다. 여러 개의 주사약병과 모니터를 단 채 누워있었다. 인공호흡을 위한 호흡 관을 넣고 있기에 말은 하지 못했지만, 내가 그의 이름을 불렀을 때 그는 손으로 내 손을 쥐었다. 그리고 다음 날, 상태가 많이 좋아져 호흡 관을 제거했다. 그때 그가 내 손을 잡으며 이렇게 말했다.

"안 선생, 나 심장이 없는 것 같아. 너무 시원해. 왜 이제야 수술
을 해 준거야?"

심장 수술을 하는 것은 가슴뼈를 쪼개는 일이다. 엄청나게 아프다. 그런데 그는 시원하다고 했다. 그전에 얼마나 괴로웠으면 그렇게 말했을까? 나는 그가 살아준 것이 고마웠고, 그 어려운 수술을 멋지게 성공해낸 외과 교수님이 고마웠다. 그리고 마취과 교수님이 고마웠다.

그렇게 그와 함께 지낸 2년여의 세월 중 최대의 위기가 지나갔다. 아니, 정확히는 8년이라고 해야 할 것이다. 이찬우 씨는 내게 여러 가지를 가르쳐 준 분이다. 1993년에 나는 심장내과의 전공의 4년 차인 선임 레지던트(chief resident)였다. 심장내과 의사가 되기 위해

서는 외래의 경험이 있어야 하므로 당시 나는 외래 진료소에서 환자를 진료하고 있었다. 그때 이찬우 씨가 찾아온 것이다. 그는 가슴이 좀 답답한 기분이 드는 것 외에 별 불편이 없었다. 그래도 혹시나 해서 개인 의원을 방문했는데 개인 의원에서 심전도 검사를 한 후, 빨리 큰 병원에 가보라고 해서 방문한 환자였다.

부부가 함께 방문했는데, 두 분이 다 눈매가 아래로 처진 후덕한 인상을 지닌 분들이었다. 심전도를 보니 T파가 전반적으로 크고 깊게 역전되어 있는 양상이었다. 깜짝 놀랄만한 이상이었다. T파의 역전현상이 있을 때는 우선 심장의 혈행이 좋지 않은 허혈성 심장질환을 의심해야 한다. 이찬우 씨 정도의 심전도 변화가 허혈성 심장병에 의한 것이라면, 대개는 심한 흉통이 있어야 하는데, 이찬우 씨는 흉통을 느끼지 못했다. 그저 덤덤하게 가슴이 좀 답답할 때가 있을 뿐이지 가슴이 뻐근하거나 식은땀이 날 정도로 아픈 적은 없다고 했다. 그러나 허혈성 심장병으로 보기에는 임상 양상이 좀 달랐다. 심장 진찰을 할 때, 심장에서 잡음이 들렸다. 심장이 혈액을 퍼내는 수축기에 심잡음이 길고, 확실하게 청진되었다. 이렇게 수축기 심잡음이 있다는 것은 판막이 역류하는 경우나 혹은 심실중격결손과 같은 선천성 심장질환이 있을 때인데, 그 또한 임상적인 양상과는 너무 맞지 않았다. 해서 심장 초음파 검사를 권유했다.

요즘은 검사가 바로바로 진행되지만, 그때는 심장 초음파 기기가 많지 않았기 때문에 2주 정도 기다리는 것이 예사였다. 급한 마음이 들어, 오늘 꼭 해주셔야 한다고 심장 초음파 검사실에 특별히 부탁했다. 평소의 인간관계 덕일까 그날 바로 검사를 할 수 있었다. 그리고 초음파 검사실에서 연락이 왔다. 심장에 아주 드문 이상이 있다는 것이다. 비후성 심근증인데, 좌심실의 중간 부위가 특히 좁아져 있어서 심실 내의 압력 장애를 일으키는 심실 내 혈역학적 폐쇄가 동반된 비후성 심근증(hypertrophic cardiomyopathy with midvetricular obstruction)이라는 것이다. 이 병은 매우 드문 경우로 갑자기 사망하는 심인성 급사의 위험성이 높다고 알려져 있다.

이런 희귀한 병을 내가 찾아낸 것이다. 그땐 이런 병을 제대로 진단한 내가 자랑스러웠다. 지금도 그때의 기억이 남아있다. 아, 이런 병을 내가 진단해내다니! 나는 환자에게 급사의 위험성에 관해서 설명했다. 지금이라면, 그렇게 설명하지 않았을 것이다. 그저 가슴이 답답해서 왔다는데, 당신은 언제고 갑자기 죽을 수 있는 사람이라고 말한 것이다. 그야말로 청천벽력이었을 것이다. 조금 더 조심해서 사려 깊게 그 상황을 설명할 수도 있었으련만, 그때 나는 이렇게 그에게 말했다.

"이찬우 씨, 환자분의 심장은 매우 드문 변화를 보이고 있습니

별을 던지는 세브란스

다. 이 병은 급사의 위험성이 높은 병입니다. 그러므로 병원 가까이 사시는 것이 좋겠습니다."

그리고 물었다.

"댁이 어디신가요?"

"신촌입니다."

"아, 잘되었어요. 이제 정신을 잃거나 무슨 일이 생기면 바로 병원에 와야 합니다. 마침 집이 신촌이라니 앞으로 신촌을 떠나지 마십시오."

당시 나의 설명은 참 기가 막힌 경고였다. 나도 교수님들처럼 냉정하고 단호한 설명을 해주었다는 생각이 들었다. 그리고 이찬우 씨의 상태를 요약해서 교수님께 보고했다. 내가 내 이름으로 입원시킬 수는 없으므로 교수님께 인계한 것이다. 그 후 나는 이찬우 씨를 잊었다.

수련을 마치고 3년간의 강사생활을 끝내고, 심장내과의 교수가 되었다. 세부전공으로는 부정맥을 택했다. 2000년 늦은 봄에 심장내과의 교수님이 한 환자를 내게 의뢰했다. 입원 기록에 있는 환자의 심전도는 전형적인 심방조동(atrial flutter)의 양상을 보였다. 전에는 약물로 그 발생을 억제하는 치료를 했으나, 당시에는 전기생리학 검사와 전극도자절제술로 심방조동을 완치하는 치료가 막 활발해

질 때였다.

심방조동은 잘 알고 있는 병이라고 생각하고 의무기록을 간단히 검토한 후 병실을 찾았다. 2인실이었다. 환자는 창을 등지고 출입문 쪽을 바라보며 앉아있었다. 역광이었는데, 내가 병실에 들어서자 그는 나를 보면서 이렇게 말했다.

"아, 안신기 선생님!"

나는 '이분이 나를 어떻게 알까? 내가 그렇게 유명한 사람도 아닌데……'라고 생각하며 그에게 다가가서 물었다.

"아니, 저를 어떻게 아세요?"

그는 나를 물끄러미 쳐다보더니 이렇게 말했다.

"아니, 선생님, 6년 전에 저더러 신촌을 떠나지 말라고 했잖아요? 저 그 뒤로 한 번도 신촌을 떠나지 않았어요."

그의 말은 6년 전의 기억을 떠올리게 했다. '아, 이찬우 씨구나!' 내게 여러 가지를 가르쳐 준 그 이찬우 씨를 다시 만나게 된 것이다. 그런데, 그의 말이 무슨 뜻인가? 내 말을 들은 후로 신촌을 한 번도 떠나지 않았다니. 그의 말은 나에게 충격이었다. 나는 그에게 그의 상태를 참으로 기지 있게 잘 설명했다고 여겼을 뿐, 그 후 까맣게 잊고 있었다. 그러나 그는 나의 말을 잊지 않았고, 내 말대로 6년 동안 신촌에 머물러 있었던 것이다. 나는 즉시 그를 내 환자로 받겠다고 답을 했다. 그것이 그와의 새로운 치료를 위한 여행의 시작이었다.

치료하는 내내 그는 나를 믿어주었다. 물론 나 혼자 치료를 결정한 것은 아니다. 스승과 함께 상의하고 고민하며 하나하나를 결정해갔다. 그도 자신이 일반적인 경우가 아닌 것을 잘 알았다. 그래서 수술 전날 밤 그는 내게 자신의 심장을 주었다. 자신이 죽으면 자신의 심장, 그 드물게 생긴 병을 가진 심장을 젊은 의사인 나에게 주기로 결정한 것이다. 나는 그 날, 그에게 심장을 받으면서 그의 부탁도 함께 받은 셈이다. 그날 밤 그의 부탁은 아래와 같았다.

안 선생, 당신을 처음 만난 날, 그날은 내 인생이 완전히 뒤집어지는 날이었어. 그저 가슴이 답답할 뿐, 별 불편한 것 없이 살아온 날들이었는데, 당신은 나를 이렇게 저렇게 진찰하고 검사하더니 내가 언제고 갑자기 죽을 수 있는 위험한 사람이라고 했지. 그리고 정신을 잃거나 이상이 있으면 바로 병원에 와야 하므로 병원 가까이 살아야 한다고 했어. 마침 내가 사는 동네가 신촌, 세브란스병원 근처라고 했더니 신촌을 떠나지 말라고 했지. 그래서 나는 신촌을 떠나지 않았어, 당신을 만난 이후로 말이야. 6년 만에 다시 만나서 당신은 나의 치료를 위해 2년간이나 애를 써왔는데, 오늘 내 상태는 아주 좋지 않아. 그래서 말인데, 나 죽거든 내 심장을 꺼내어 쪼개어보고 공부 더 열심히 해서, 나 같은 환자가 생기면 그때는 꼭 살려주도록 해.

그는 나를 믿었고, 그 어려운 수술을 견뎌냈다. 그는 내게 드문 심장병의 치료 경험을 하도록 했고, 의사가 환자에게 건네는 말의 의미와 무게가 어떤 것인지를 깨닫게 했다. 신뢰가 무엇인지, 누군가 다른 사람을 위해서 자신의 삶을 나누어주는 것이 무엇인지를 가르쳐 주었다. 그 후 그와 나는 친구가 되었다.

그렇게 폭풍 같은 날들을 잘 넘기고 그는 퇴원했다. 그 후 외래에서 몇 번 만나고, 그와는 헤어져야 했다. 내가 의료선교를 위해 우즈베키스탄으로 떠나기로 했기 때문이다. 그가 걱정스러운 얼굴로 내게 말했다.

"안 선생이 가면 어떻게 해, 누가 나를 지켜줘?"

"지금 제가 이찬우 씨를 지켜준다고 하셨지요? 저와 얼마나 자주 만나요? 한 달에 한 번, 혹은 두 달에 한 번 만나잖아요? 저는 이찬우 씨를 한순간도 떠나지 않고 함께하실 분에게 부탁하려고 해요. 제가 믿고 의지하는 하나님께 말입니다."

그를 위해 축복 기도를 하고 헤어졌다. 그 후 우즈베키스탄에서 4년, 미국에서 4년, 그와의 기억은 외래에서 찍은 한 장의 사진과 그의 심장 초음파 사진으로만 남아 있었다. 나는 한국에 돌아와 의료선교센터장으로 일하는 연고로 종종 교회에 가서 말씀을 전할 기회가 있었다. 2011년 봄이었다. 말씀을 전하던 중 이찬우 씨와의 경험을 소개하게 되었다. "그분과 저는 친구가 되었습니다"라고 고백하는데 가슴이 덜컥했다. 지금 어디서 무엇을 하고 있는지, 살아있는 지조차도 잘 모르는데 친구라고 할 수 있을까, 하는 생각이 든 것이다. 그러나 그 생각도 잠깐이었고, 나는 다시 일상생활로 돌아갔다.

그리고 2주가 지난 어느 날이었다. 그해 겨울에 케냐를 방문해서 발견했던 심장병환아 Faith와 Shadrach의 초청 수술이 잘 마무리되어 병동에서 환송식을 하게 되었다. 선교센터가 초청했고, 세브란스병원에서 'Global Severance, Global Charity 프로젝트'로 후원해주었기 때문에 나는 선교센터의 장으로서 감사의 말씀을 전하게 되어 있었다. 감사의 말씀을 전하려고 병동 로비에 마련된 환송식장에 섰는데, 건너편에 환송식을 보려고 모인 환자들 가운데 낯익은 얼굴이 보였다. 이찬우 씨였다. 그는 환자복을 입고, 링거를 단 채 그의 부인과 함께 서 있었다. 가슴이 덜컹하였다. 환송식을 마친 후 그에게 달려갔다.

"이찬우 씨, 오랜만이에요. 아니 어쩐 일이세요? 심장은 어때요?"

그는 괴로운 가운데도 웃으며 이렇게 답했다.

"심장이야 안 선생이 수술해 주어서 멀쩡하지."

내가 수술한 것도 아닌데, 그는 내가 수술해 주었다고 말한다. 이어 내가 서둘러 물었다.

"그럼 여기 왜 있어요?"

그는 자신의 환자복을 들추며 가슴을 보였다. 대상포진이다.

"이놈의 대상포진 때문에 너무 아파서 입원했어요."

나는 웃으며 말했다.

"잘되었어요. 아니, 대상포진 때문에 고생하시는 것이 잘되었다는 것은 아니에요. 심장은 멀쩡하다니 감사하고, 대상포진은 조금만 고생하면 나을 수 있어요. 이것 때문에는 절대 안 죽어요."

그와는 그렇게 반갑게 해후하고 헤어졌다. 그리고 하나님, 나의 아버지께 기도했다.

아버지, 감사해요. 2주 전에 말씀을 나누다가 이찬우 씨와 내가 친구가 되었다고 말하면서, '안부도 모르는데 친구라고 할 수 있나?' 이렇게 염려했던 제 마음을 읽어주셨군요. 그리고 이렇게 대답해 주셨어요. 감사해요. 아버지!

누군가는 이를 두고 우연이라고 할지도 모른다. 그러나 이 일을 우연이라고 하기에는 그 확률이 영에 가깝다. 우연히 된 것이라고 믿는 것보다 우리 마음을 아시는 하나님이 우리를 돌보고 계시다고 믿는 것이 훨씬 쉬우리라. 그렇다. 인생은 크고 작은 신비로운 우정, 일상 속의 이런 기적이 가득하다.

의사로 사는 동안, 그리고 의사가 되려는 학생들을 가르치면서 나는 이찬우 씨와 나와의 이야기를 나누곤 한다. 자신의 심장을 주겠노라고 했던 그의 결정을 잊지 않으려고 노력한다. 의사가 된다는 것은 가보지 않은 길, 아직 해결되지 않은 막막한 문제를 짊어지고 환자와 함께 가는 여행길이다. 그 여행에는 두려움이 있고, 불확실한 결과가 기다리고 있다. 중요한 권고, 해결책을 제시해야 하는 의사들은 이럴 때 참으로 힘이 든다. 그런데 놀랍게도 이럴 때 환자들이 먼저 중요한 결정을 제시하기도 한다. 자신의 심장을 주겠다는 그의 결정은 어떤 결과이든 나를, 의료진을 믿어주겠다는 결정이었다. 그리고 그의 결정은 불확실함 가운데 염려하고 있던 나를 오히려 위로해주는 격려였다.

그날 밤 그렇게 그는 내게 자신의 심장을 주었다.

환자에 대한
단상

★

교수 정민규

첫째 이야기: "왜 선생님이 우세요?"

2012년 봄, 35세의 여자가 새 환자로 내 외래 진
료실에 왔다. 환자는 삶의 의지가 강해 보였다. 안구에 생긴 흑색종
환자인데 1년 전 안구 적출 수술을 받고 경과를 추적관찰 중이었다.
그런데 암은 6개월 후에 폐에 전이되어 다시 폐 절제수술을 받았다.
그래서 그녀는 수술 후, 항암치료를 받기 위해 외래 진료실에 왔던

별을 던지는 세브란스

것이다.

현재는 흑색종 환자에게 면역 치료나 표적 치료가 가능하지만, 그 당시 한국에서 치료할 수 있는 방법은 10%의 낮은 반응률을 보이는 항암치료 밖에 없었다. 이 방법은 부작용이 너무 심한 경우 사망에 이르기 때문에 면역치료(고용량의 IL-2)만 하는 상황이었다. 환자에게 선택할 치료 방법이 별로 없다는 것을 설명하고, 항암치료를 6개월 하기로 했다. 환자는 충청도에서 초등학교 교사 발령을 받아, 이제 막 교사 생활을 시작하였다고 하면서 항암치료를 마치고 빨리 복직 해서 아이들을 가르치고 싶다고 하였다.

6개월간의 항암치료를 마치고 폐 병변은 안정화 되었기에 3개 월 뒤에 추적관찰을 하기로 하고, 환자를 돌려보냈다. 3개월 후, 추 적 관찰을 위해 환자가 내원하였을 때. 환자는 배가 너무 부르다고 하면서 외래 진료실로 들어왔다. 3개월 전에 폐에만 작게 남아 있던 암세포가 간에 전이되어 배가 남산만큼 커져서 내원했다. 사진만으 로는 너무 충격적이었다. 지난번 다시 교사로 돌아가 열심히 일하겠 다던 당찬 환자의 모습이 떠올랐다. 평소에 환자의 감정에 동요되지 않으려 노력하지만, 그녀의 모습을 보는 순간 나의 눈에 눈물이 고 였다.

나를 처다보던 환자는 "왜 선생님이 우세요? 저 괜찮아요"라고 말했다. 나는 그녀를 한참 바라보다가 "간에 전이가 너무 심해서 다시 항암치료를 해야겠습니다. 남편분이 오시면 향후 치료 계획을 이야기하겠습니다"라고 말했다.

잠시 후에 환자의 어머니가 내원하였다. 어머니에게 딸의 상태를 설명하고, 남편에 관해 물었다.

"저 불쌍한 것이 남편 잘못 만나 술주정하는 남편한테 맞고 살다가 병이 걸린 것이랍니다. 암 진단받고 눈 수술하고 남편과 이혼하고, 일곱 살짜리 딸 키우면서 악착같이 공부해서 이제 교사가 되었는데, 이렇게 되었습니다. 우리 딸 불쌍해서 어떡해요?"

말하는 어머니의 눈에서도 눈물이 주르르 흘렀다.

그러나 한 번의 항암치료를 마치고 더 이상 그 환자는 오지 않았다. 폭력을 휘두르는 남편과의 이혼, 안구 흑색종으로 인한 안구 적출수술, 그리고 딸을 키우면서 교사 임용고시를 준비한 그녀의 삶의 무게가 고스란히 느껴지면서 마음이 먹먹해졌다. 또 다시 나의 눈에 눈물이 고였다.

둘째 이야기: "어머니는 여자보다 강하다"

2012년 가을, 43세의 젊은 남자 환자가 대장 폐색으로 응급 대장 절제수술을 받았다. 수술 후 시행한 C T에 의하면 그는 대동맥 주변 림프절과, 종격동 림프절, 기관지 하 림프절, 쇄골 하 림프절까지 모두 전이된 4기 암 환자였다. 수술 후 회복한 그 환자는 첫 항암치료를 시작하였는데, 나이에 비해 항암치료를 잘 견디지 못하였다. 그는 치료받지 않으면 안 되겠냐고 물으며 항암치료를 포기하려고 했다. 그때마다 차분한 아내는 남편을 다독이며 항암치료를 받도록 도왔다. 4차 항암치료 후 다행히도 전이되었던 림프절은 작아지기 시작하였고, 환자도 어느 정도 항암치료를 잘 이겨내고 있었다.

어느 날, 외래 진료를 끝내고 연구실로 가고 있는데, 그 환자의 아내가 초등학생으로 보이는 환자와 같이 있는 것을 보았다. 머리카락이 없는 것으로 보아 소아암 환자임을 알 수 있었다. 나는 아이에게 먼저 말을 건넸다.

" 야, 너 잘생겼다. 우리 아들이랑 비슷한 나이인 것 같은데, 몇 살이니?"

"초등학교 1학년이에요. 저 여자예요."

화가 난 듯한 목소리로 말했다.

"어, 그렇구나. 선생님이 몰라봐서 미안하네. 항암치료 받고 있구나. 힘들 텐데, 참 씩씩하게 치료 잘 받고 있구나. 선생님이 용돈 줄 테니 맛있는 것 사 먹으렴."

잠시 후 환자의 아내가 이야기했다.

"남편이 대장암 4기 진단을 받았을 때, 아이가 원인 모를 고열이 나서 검사를 하였습니다. 그때 아이는 백혈병이란 진단을 받았고, 지금은 항암치료 중이라서 힘들긴 하지만, 신앙의 힘으로 이겨내고 있습니다."

대장암 4기인 남편을 격려하며 차분하게 치료를 돕던 그 젊은 여인이, 동시에 백혈병 치료를 받는 아이의 어머니라니……. 치료받기 싫다고 투덜대던 철없어 보이는 남편과 대조적으로 침착한 아내는 신앙의 힘으로 버티고 있다고 한다. 그녀 역시 어찌 힘들지 않을까 싶지만, 어려운 상황을 묵묵히 견뎌내는 모습을 통해, 어머니는 여자보다 강하다는 것을 입증해 주는 듯 했다.

셋째 이야기: "할머니, 6개월이 얼마나 긴 시간이야?"

2014년 가을, 63세 여자 환자가 대장암과 신장암을 동시에 진단

별을 던지는 세브란스

받고, 항암치료를 위해 외래로 혼자 내원하였다. 기록을 살펴보니 환자는 15년 전 자궁 내막 암으로 자궁적출수술을 받았고, 5년 전에도 대장암으로, 우측 대장절제술을 받았다. 이번에 세 번째로 두 가지 암이 발견된 것이다. 대장암은 다행히 2기라 추가 치료 없이 경과를 관찰해도 되는데, 신장암이 간과 폐까지 전이된 상태였다.

"할머니 혼자 오셨어요?"

"손녀와 살고 있어. 우리 아들은 바빠."

"할머니 그동안 여러 가지 암으로 참 고생 많이 하셨네요. 지금까지 잘 이겨내신 것처럼 앞으로도 치료 잘 받으셨으면 좋겠어요."

"이제 치료 안 받고 싶어, 그동안 그 고생을 했는데 또 암이라니, 나 죽는 건 괜찮은데 우리 손녀 어떻게 하면 좋지……"

할머니는 본인 몸보다는 손녀가 더 걱정되는 눈치였다.

"할머니 손녀는 아들에게 맡기시고, 제가 드리는 이 약 잘 드시고, 할머니 몸만 신경 쓰세요."

항암제 부작용을 보기 위해 2주 후에 환자의 외래 진료일을 잡았는데, 할머니는 오시지 않았다. 그 후 3주가 지난 토요일에 외래 진료실에 나타났다.

"할머니, 이제 오시면 어떡해요. 약도 다 떨어졌을 텐데, 이 약

안 드시면 암이 악화돼요. 이제부터는 오시라고 한 날에 꼭 오
세요."

"일해야 해서 평일은 올 수 없어, 토요일만 올 수 있어."

"며느리와 아들은 뭐하고 할머니가 손녀를 키우세요?"

"애 엄마는 이혼해서 따로 살고, 우리 아들은 새로 만난 여자랑
따로 살아, 그래서 내가 키우고 있어."

"그럼, 아들한테 보내시는 게 어때요?"

"손녀가 눈칫밥 먹는 것보다는 내가 키우는 게 낫지."

"할머니, 이번엔 이 약 잘 드시고, 다음에는 아들과 함께 오세요."

다음에 아들과 함께 오면 할머니 상태를 설명하고, 할머니가 일과
손녀 키우는 것보다 암 치료에 몰두하도록 아들에게 부탁드리고 싶
었다.

할머니는 이번에도 약도 잘 안 드시고, 예약한 날짜를 지나서 왔
다. CT를 촬영한 결과에 의하면 폐와 간, 뼈에도 전이 되어 암이 진
행된 상태였다. 이번에는 그 어린 손녀와 함께 왔다.

"할머니, 현재 드시고 있는 약이 제일 좋은 약인데, 잘 안 드시
고 오시라고 한 날에도 오시지 않아서 암이 커졌어요. 이렇게
치료 안 하시면 얼마 못사세요. 손녀는 어떻게 하시려고 이러
세요?"

별을 던지는 세브란스

여러 가지 감정이 겹쳐 나도 모르게 할머니에게 화를 냈다.

"치료 안 하면 얼마나 살 것 같소?"

할머니가 물었다.

"더 쓸 수 있는 약의 종류도 이제 한 가지밖에 안 남았어요, 이 약 잘 안 드시면 6개월밖에 못 사실 거 에요."

"알겠어. 애 친엄마한테 보낼 생각도 했는데, 4억을 주면 애를 키우겠데, 내가 사는 집 팔아도 그 돈 안 되는데 말이야."

말을 마치고, 진료실 밖으로 나가려는데, 일곱 살짜리 손녀가 할머니에게 묻는다.

"할머니, 6개월이 얼마나 긴 시간이야?"

'아차, 어린 일곱 살 소녀가 우리의 대화를 듣고 있었구나.' 어린아이의 마음에 할머니가 6개월밖에 같이 살 수 없다는 게 어떻게 느껴지는가를 생각하니 마음도 눈도 젖어 나는 잠시 진료를 멈출 수밖에 없었다.

내가 만난
천사들

★

간호사 정혜미

어머니는 난소암에 걸려 수술했다. 그러나 다시 암은 직장으로 전이되었고, 1년 후에 15세, 11세, 10세 된 세 딸을 남겨두고 세상을 떠났다. 그때 암으로 몹시 고통받는 어머니를 아픔에서 벗어날 수 있도록 돕지 못한 것이 몹시 안타까웠다. 그 마음은 후에 내가 커서 간호사가 되어 암으로 고생하는 사람을 돕겠다는 생각을 갖게 했다. 그래서 나는 간호사가 되었다.

처음 간호사가 되어 근무를 시작했을 때는 고되고, 바쁘고, 어렵

별을 던지는 세브란스

고, 때로는 선임 간호사에게 야단을 맞기도 했다. 내 임무 이행에 절절매어 뛰다 보니 환자를 내 가족처럼 대한다는 것은 시간적으로나 정서적으로나 쉽지 않았다. 그렇게 시간이 흐르다 보니 간호사라는 직업인으로서만 충실한 생활을 하게 되었고, 나도 모르게 그런 생활에 익숙해지고 있었다.

그러던 어느 날, 현실에 길들여진 나를 깨어나게 하는 천사와 같은 환자들을 만나게 되었다. 그들을 보고 있을 때, 암으로 돌아가신 엄마 생각이 나서 눈물이 나도록 동정심이 일고 위로해 주고 싶어졌다. 엄마가 암으로 고통을 힘겹게 참는 모습이 떠오르는 순간, 고통받는 그 환자들이 가족 같고 나를 위해 하나님이 특별히 보내신 천사와 같이 느껴졌다. 지금도 그분들 생각이 떠오르면 애틋한 느낌이 든다.

내가 만난 첫 번째 천사는 어두운 표정에 축 늘어진 어깨, 어딘가 몹시 외로워 보이는 분이었다. 그 모습이 늘 짠하게 느껴졌다. 항상 씩씩한 척 혼자 지내셨지만, 주말이면 가족들로 북적이는 다인실에서 자기 침상 둘레에 커튼을 치고 아무렇지 않은 척 누워 계셨다. 그러나 고독에서 오는 통증을 견디지 못하고 진통제를 찾곤 하였다.

그분의 목소리를 유일하게 들을 수 있었던 것은 완화병동의 자원

봉사자들이 와서 담소할 때였다. 아무도 기다리지 않는 척했지만 보고 싶었던 아들이 면회 올 때는 아들의 얼굴을 차마 마주 보지 못하고 늘 미안한 표정으로 훔쳐보며 그리움을 달래는 그런 아버지였다. 항상 착한 아들에게 못난 아비가 짐만 된다며 서울에 사는 아들을 멀리 떠나서 고향 경주에서 죽음을 맞이하고 싶다고 하였다. 그래서 경주로 전원할 준비를 하고 있었다.

60도 채 넘지 않은 나이지만 가족은 장가가지 않은 아들 하나뿐, 가진 재산도 없는 말기 암 환자였다. 혹여나 자기의 죽음이 아들에게 짐이 될까 봐 멀리 가서 홀로 세상을 떠나려는 것이었다. 그 외로운 마음을 하나님은 아시고 계셨나 보다. 자원봉사자들과 매일 찾아오시는 목사님을 통해 그분의 마음은 서서히 열리게 되었다. 세상의 눈으로 봤을 때는 철저히 실패하고 초라한 그의 삶을 하나님은 지켜보시며 기다리고 계셨던 것 같다. 이걸 깨달은 건, 그분이 돌아가시고 난 후 하나님의 섭리를 보고 나서였다.

하루는 봉사자들에게 "내 삶이 너무 후회가 돼요. 왜 나는 나만을 위해 살았는지, 이렇게 봉사하시는 분들처럼 남을 위해 단 한 번도 살 수 없었는지, 너무 부끄럽습니다"라고 하였다. 그리고 지난 삶에 대해 깊은 성찰을 하며 흐르는 눈물을 닦았다. 그는 "저도 이제 남은 삶을 단 한 순간이라도 남을 위해 살다가 죽고 싶습니다. 어떻게 해

별을 던지는 세브란스

야 할까요?"라고 물었다. 그때 곁에 있던 봉사자가 그의 구원을 위해 하나님의 나라와 그의 사랑을 전하기 시작했다.

말씀을 듣고 있던 그분은 당장 세례를 받고 싶다고 하였다. 급히 의료원 목사님께 연락하여 조촐한 세례식을 거행하였다. 우리는 함께 병실에서 예배를 드리고 하나님을 맞이한 기쁨으로 사진을 찍었다. 그는 마음의 평안을 얻고 행복을 느끼는 듯했다. 곧 전원할 예정이었기에 주님을 섬기는 세브란스병원에서 세례를 받게 된 것이 큰 은혜라고 하시며 목사님께서는 성경책과 십자가 그리고 세례증서를 주셨다. 그분은 그 선물을 가슴에 꼭 품고 감격하여 한줄기 눈물을 주르르 흘렸다. 그것이 생의 마지막 선물이 될 줄은 그땐, 아무도 몰랐다.

새로운 인생을 선물 받은 기분이라며 기뻐하시던 모습이 아직도 눈에 선하다.

그분은 세례를 받은 다음 날 갑자기 폐렴이 심해졌고, 그다음 날 의식이 흐릿해지면서 하나님의 부름을 받고 천국으로 가셨다. 늘상 그분은 혼자 병원을 거닐던 분이었는데 세례를 받은 다음 날 임종을 맞이한다는 게 사실 믿어지지 않았다. 그러나 그 또한 하나님의 깊은 사랑이지 싶은 생각이 들었다. 아들에게 피해가 될까 두려워 경주로 내려가 임종을 맞이하려던 그분에게 하나님은 이별의 시간도 길지 않게, 아들이 힘들지 않게 그렇게 천국으로 데려가셨다. 아들이 비록 아버지 생에 마지막 순간의 구원이 어떤 의미인지 알지 못한다 하더라도 언젠가는 아버지의 구원과 죽음이 하나님의 사랑이며 섭리임을 깨닫게 될 것이라는 믿음이 들었다.

비록 아버지는 남긴 것 하나 없이 떠났지만, 구원을 받고 기뻐하시던 그 모습을 아들은 똑똑히 보았고 기억할 것이다. 그는 아들에게 값진 믿음의 유산을 남기고 떠난 것이다.

그분을 생각하면 성경을 가슴에 안고 평안한 미소를 지으며 흘리던 한줄기 눈물이 떠오른다. 지금은 하나님의 품 안에서 평안히 쉬고 계시겠지!

두 번째로 만난 천사는 너무나도 바빴던 저녁 근무 때 만난 여자 환자였다. 내심 반갑지 않은 마음으로 환자분을 대면하게 되었다. 그러나 그녀의 밝은 미소와 차분한 목소리는 조금 전 가졌던 나의 마음을 미안하게 만들었다.

"간호사 선생님 이름이 저랑 같네요."

말기 암 진단을 받고 병원에 입원한 분이라고는 믿어지지 않았다. 여린 체격이지만 그 뒤에 숨은 강인한 마음을 느낄 수 있었다.

"젊으신데 진단받고 많이 힘들지 않으셨어요?"

"요즘 세 명 중 한 명이 암인데 우리 가족 중에 제가 아파서 다행이에요. 제가 대신 아프니 우리 가족은 건강하겠죠? 우리 집에선 저만 교회를 다녀서 제가 제일 잘 참을 수 있어요."

그녀는 해맑게 웃었다.

그게 우리 병동에서 그녀와의 첫 만남이었다. 나중에 알게 된 사실이지만 항상 남을 배려하고 착한 탓에 주위에 친구도 많았던 분이었다. 결혼하지 않은 딸이어서 늘 엄마가 간병하느라 입원실에 함께 계셨는데, 어머니는 체격도 크고 잠만 들면 밤새 코를 고셔서 다인실에 입원하기는 어려운 형편이었다. 그래서 그녀는 입원하지 않고 주로 집에서 견뎠다고 하였다. 그렇지만 그녀는 어머니를 향해 한 번도 짜증을 부리지 않았고, 늘 엄마를 걱정했던 착한 딸이었다. 그래서인지 그녀가 하늘나라로 떠난 후에도 우리 병동 간호사들의 가슴에 오래도록 그녀의 향기가 남아 있다.

점점 복수가 차오르고 황달이 오면서 시작된 통증과 고통 속에서도 스스로 견디려 애썼고, 그녀를 지켜보는 어머니 또한 남몰래 우실 수밖에 없었다. 암이란 게 사람을 이렇게 참혹하게 망가트리는 것인지, 그녀는 점점 야위어 처절한 모습이 되었다. 그녀를 바라보며 아직도 그녀의 마음속에 임재하시는 하나님은 선하신 분으로 자리하고 있는지 궁금하기도 하였다.

하루는 "지치지 않으세요?"라는 나의 질문에 "어쩔 수 없죠, 받아들여야죠, 참는 수밖에요"라고 대답했다. 그녀는 황달로 밥도 못 먹으면서 내가 배고플까 봐 먹으려던 빵을 나에게 건네주었다. 병동에서 나눈다는 것은 부유한 상황도 건강한 상태도 아닌 사람들끼리 서로를 긍휼히 여기는 마음을 나누는 것이다. 눈에 보이는 것보다 보이지 않는 것을 나눌 때는 감동이 훨씬 오래간다.

시간이 흐름에 따라 그녀는 입원과 퇴원을 반복하였다. 처음에는 걸어서 들어오다 다음엔 휠체어에 앉아서 병원에 오는 상태가 되었다. 나날이 병세가 악화되어 마침내 연명치료 포기각서를 받아야 하는 상황까지 이르게 되자, 어머니는 쉽게 마음을 결정하지 못하고 여러 날을 우시며 힘겨워하셨다. 그때도 오히려 그녀는 어머니를 위로하였다.

사실 그녀는 신앙에 관한 말이나 종교적인 활동을 많이 한 것은 아니지만 나의 가슴에 오래도록 남아있다. 그녀는 삶의 끝이 보이는 순간에도 아무도 원망하지 않았고, 죽음을 두려워하지 않았으며, 오히려 남은 가족을 사랑하고 위로하는 한결같은 모습이었다. 거룩해 보였다. 그 모든 행동은 하나님을 진심으로 신뢰하는 성숙한 믿음에서 비롯되었으리라. 그녀는 아름다운 천사의 모습으로 천국으로 떠났다.

별을 던지는 세브란스

비록 남은 가족은 하나님을 믿지 않았지만, 그녀가 떠난 후, 아니면 먼 훗날에라도 그녀의 성숙한 믿음의 씨앗은 반드시 그 가족에서 움이 트고 자랄 것이라는 생각에 가슴이 뿌듯해졌다.

내가 만난 세 번째 천사는 황민희 씨이다. 5년이 지난 지금도 그녀의 이름을 잊을 수 없다. 27세에 유잉육종이란 무서운 병에 걸려서 세브란스병원에 입원했던 분이다. 당시 나는 신규간호사였는데 그녀와 나는 금세 친해져 언니라고 부를 정도로 가까워졌다. 다른 환자들 앞에선 나를 간호사님이라고 깍듯이 대해주었으나 단둘이 있을 땐 언니처럼 내 힘든 근무를 걱정해주었다. 천사 같은 그녀의 미소를 지금도 잊을 수 없다.

힘든 항암치료를 불평 없이 조용히 견뎠고, 늘 어머니와 함께 성경을 읽으며 이곳이 병원이 아닌 듯 일상적인 생활태도로 지냈다. 점점 항암의 효과가 떨어지고 기력이 쇠하여 통증이 심해져도 늘 괜찮다며 나를 보면 밥은 먹고 출근했냐고 묻고서 먹을 것을 챙겨주던 환자였다. 더욱 인상 깊었던 건 그녀의 어머니였다. 민희 씨가 고통이 심해지면 하나님을 원망할까 염려했다. 절대로 하나님을 원망하면 안 된다고, 하나님을 찬양하고 감사하자고 하셨다.

민희 씨는 입으로 암이 전이 되어 입이 벌어지지 않고 턱이 굽으며 피가 줄줄 흘렸다. 임종 직전까지 거의 석 달을 물도 마시지 못하는 고통스러운 상황이었는데도 한결같이 의젓했고, 그 순간에도 하나님께 "당신이 내 주님이셔서 감사합니다"라고 고백했다. 나는 그 미련스럽도록 철저한 신앙고백을 들을 때 혹여나 이단이 아닌가 의심했다. 나로서는 이해할 수 없는 상황이었다. '민희 씨와 어머니는 욥과 같은 고통 속에서도 하나님이 늘 임재하시는 은혜를 받았나 보다'라고 생각했다. 신기했다.

나중에 알게 된 사실인데 민희 씨의 여동생은 고3이 되던 해, 어느 날 갑자기 두통을 호소했고 병원 응급실에서 백혈병 진단을 받자마자 사망했다고 하였다. 그 사실을 민희 씨에게 들었던 나는 한동안 아무 말도 할 수 없었다. 그저 말없이 눈물이 흘렀다. 그 순간 하나님이 야속하다고 느껴졌다. 그러나 그 가족은 고통 속에서 신앙이 단단해졌고, 이번 민희 씨의 고통을 통해 더욱 견고해진 것처럼 보였다.

서서히 천국으로 떠날 날이 다가옴을 느꼈을 때도 민희 씨는 수시로 나에게 고맙다는 표현을 했다. 고마움이나 감사함을 표현할 여유조차 없을 지경의 처참한 육신적인 고통 속에서도 그녀의 입에선 늘 감사하다는 말이 흘러나왔다.

그날따라 유달리 민희 씨가 보고 싶어 나이트 근무 시간보다 두

별을 던지는 세브란스

시간 일찍 출근했다. 그런데 민희 씨는 다인실에서 이미 소망실(처치실)로 옮겨진 상태였다. 그곳에서 목사님과 가족과 함께 예배를 드리고 있었다. 정말 깜짝 놀랐다. 죽음이 다가오는 순간에도 아무도 두려워하거나 이별에 대한 슬픔을 보이지 않고 모두가 모여 예배를 드리고 있었다. 숨이 턱까지 차올라 산소마스크를 한 힘든 상황인데도 민희 씨는 "하나님! 내 영혼을 받아주세요"라고 고백하고 있었고 어머니는 그런 민희 씨를 보며 "민희야, 하나님 품에 얼른 안겨, 얼른 하나님 품에 안겨"라고 말해주고 있었다.

예배가 끝나고 나를 발견하자 가까이 오라고 손짓을 하더니 내 손을 꼭 잡으며 "선생님 그동안 고마웠어요, 잊지 않을게요"라며 닫히지도 열리지도 않는 입으로 애써 말을 했다. 그때 정말 하나님을 믿는 자들의 죽음은 끝이 아니고, 헤어짐이 아닌 시작이며, 실패가 아닌 천국으로 가는 구원 열차를 타는 것이란 걸 깨달았다. 어릴 적 신나게 불렀던 '나는 구원 열차 올라타고서 하늘나라 가지요'라는 노래가 떠올랐다. 그 노래가 신날 수 있는 것은 죽음이 하나님께로 가는 구원 열차를 타는 것이란 믿음이 충만할 때일 것이다. 그녀는 그 사실을 알고 믿었기에 그렇게 아무렇지도 않게 구원 열차에 올라탔나 보다.

푸른 잎이 우거진 여름에 만나 노란 개나리 핀 봄에 떠난 그녀는 정말 경이로웠고 의젓했으며 굳은 신앙을 가진 하나님의 사랑하는 딸이었다.

문득문득 그녀가 그립고 궁금하다. 천국에서 어떻게 지내고 있는지…….

그녀를 만나게 하신 하나님께 감사드린다.

병동에서 만난 천사들을 통해 나는 많은 것을 배웠다. 간호사로서 앞으로도 이 세상을 떠나는 환자를 계속 돌보게 될 것이다. 그때 육신의 이별에만 매달려 같이 눈물을 흘리기보다는 육의 아픔도 돌보며 동시에 평안한 마음으로 하나님의 부름에 따라 하늘나라를 향해 떠날 수 있도록 도와야 할 것이란 생각이 든다. 죽음은 생의 끝이 아니라 하나님 곁으로 이동하는 과정이라는 민희 씨와 같은 믿음을 갖도록 도와야겠다. 하나님을 뵙는다는 희망으로 구원의 열차를 탈 수 있도록 도와야 한다는 것을 깨달았다.

하나님과 동행하며 걸어온
이식외과 의사의 길

★

교수 김순일

     태초에 나를 택하시고 이 세상에 보내셔서 이식외과 의사로 이 세상을 살게 하신 하나님의 은혜에 감사합니다. 1981년 연세대학교 의과대학을 졸업한 후 세브란스병원에서 외과전공의 수련을 시작하여 오늘까지 35년간 나의 삶에 동행하며 많은 사랑과 도움을 베풀어 주신 여러 은사님, 동료, 선후배 그리고 많은 환자분들과 그 가족들에게도 감사를 드립니다.

    잠시 숨을 돌리고, 나름대로 바쁘게 그리고 열심히 살아온 지난 삶을 돌이켜보려 합니다. 처음 의과대학을 지원하였을 때는 직업인으로서의 의사가 아닌, 아픈 환자를 돕고 사회에 봉사하려는 사회적 의무를 담당하는 공인으로서의 의사가 되려고 하였습니다. 이러한 목적으로 외과를 지원하여 수련을 시작하게 되었고, 마침내 외과 의사가 되었습니다. 외과 전공의로 수련 중이던 어느 날 "환자를 너희 가족이라고 생각하고 성심을 다하여 치료하라" 하신 은사님의 말씀은 아직까지도 마음에 남아서 나 자신은 물론이고 제자들에게도 전하는 외과의사의 덕목이 되었습니다.

그러나 외과 수련과정을 거치면서 정신적, 육체적으로 많이 지쳐서 수련을 마쳐갈 즈음에는 바쁜 교수 생활보다는 일상적인 일반외과 전문의로 비교적 편안한 삶을 택하는 것이 좋겠다고 생각하였습니다. 그래서 군의관 복무를 마쳐갈 즈음에 취직할 자리를 알아보고 있었는데 주임교수님으로부터 펠로우(임상강사)로 뽑았으니 제대한 후 외과학교실에서 일하라는 통보를 받았습니다. 그래서 대학병원에 들어와 이식외과를 전공하게 되었습니다. 물론 주임교수님과 외과학교실의 교수님들의 의견 수렴을 통하여 펠로우로 선택되었다는 것이 싫지는 않았습니다. 당시만 해도 이식외과학은 새로운 학문이었기에 한 번 해볼 만하겠다는 생각에 들어섰던 길을 이 날까지 걷고 있습니다.

처음에는 신장이식으로 이식외과 의사의 길을 시작하였지만, 후일 미국 오하이오 주립대학 병원에서 2년간 이식외과 임상강사로 일하면서 간장이식과 췌장이식까지 영역을 넓히게 되었습니다. 그후 1995년 귀국하여 당시에는 초창기였던 간이식과 췌장이식 수술을 시작하게 되었습니다. 간이식은 신장이식과는 여러모로 다른 점이 많은 데도 초창기에는 환자의 상태가 매우 심각하여 목숨이 경각에 달린 환자에게만 간이식을 하는 경우가 많았습니다. 결과적으로 간이식 수술 후 사망할 확률이 10~20% 정도로 현재와는 많은 격차가 있었습니다.

당시 간이식 후 상태가 나빠져서 사망할 가능성이 있는 환자의 침대 모서리를 붙들고 회진 때마다 '하나님, 부디 이 환자를 살려 주세요' 하면서 기도를 하였습니다. 그러던 어느 날, 똑같은 기도를 드리고 있는데 갑자기 '네가 이 사람을 세상에 보냈느냐?' 하는 음성이 들렸습니다. 그 순간 나는 감히 인간으로서 사람의 생명을 좌지우지하는 줄 알았던 나의 교만함을 깨달았습니다. 그동안 내가 감당하지도 못할 쓸데없는 짐을 스스로 지고 있었구나 하는 생각에 하나님께 회개와 감사의 기도를 드렸습니다. 그리고 이어서 '이 사람을 세상에 보낸 것과 데려가는 것은 나의 소관이란다' 하시는 하나님의 음성이 들렸습니다.

그러나 한편으로는 하나님께서 모든 것을 다 정해 놓으셨다면 밤을 새워 가면서 간이식 수술을 하고, 수술 후 약 일주일 동안은 집에도 가지 못하고 중환자실 한 귀퉁이에서 새우잠을 자면서 노심초사하며 환자를 치료한 나의 노력은 대체 무엇인가 하는 의문이 떠오르기도 했습니다(이 상황은 간이식 초창기의 상황이고 현재는 훌륭한 간이식 팀이 이루어져 있어 더 이상 이러한 일은 존재하지 않습니다).

그러던 어느 날, 그날도 간이식을 마치고 몸이 피와 땀으로 젖어 있기에 샤워를 하고서 머리의 물기를 털고 있는데 제 눈앞에 아들이 어렸을 때 같이 만들었던 레고 장난감의 모습이 나타났습니다. '얘야, 이것이 네가 아이를 도와서 함께 만들었던 장난감이지? 네가 아이의 손을 붙들고 이 장난감을 만들었듯이 나도 모든 간이식 수술에 너의 손을 붙들고 같이 수술을 했단다. 그리고 장난감이 네 아이의 것이 되었듯이 네가 손을 대었던 모든 간이식 수술의 결과는 너의 몫이란다' 하시는 말씀이 들려와 나도 모르게 너털웃음을 웃었던 기억이 생생합니다.

그 이후부터 간이식 수술 후의 환자의 생사가 하나님의 뜻에 달려 있다고 믿게 되자 마음에 남아 있던 부담감이 거의 없어졌습니다. 어느 날 회진 중에 문득 환자의 침대 모서리를 붙들고 '하나님, 이 환자를 꼭 살려주세요. 이 환자 살려주시면 하나님께서 살려 주신 것으로 믿겠습니다' 하며 기도하는 자신을 발견하게 되었습니다. 그리고 곧이어서 '그러면 그동안 살아난 사람은 네가 살렸느냐?' 하는 말씀을 듣게 되었습니다. 그 순간 나는 하나님께서 하신 말씀을 믿지 않고 있었구나 하는 생각이 들었습니다. 아직도 내가 수술하여 환자의 목숨을 살렸다는 생각이 내 마음속에 숨어 있음을 깨닫고 하나님께 용서를 구하였습니다.

'사람을 세상에 보내는 것과 데려가는 것은 나의 소관이란다' 하시는 하나님의 음성을 들은 후에는 하나님의 동행하심과 도우심을 믿으며 최선을 다하여 환자를 수술하고 돌보는 것만이 나의 임무라고 다시 한 번 다짐했습니다. 인간의 생사화복의 주관자는 하나님이시라는 확고한 믿음을 갖고 더 이상 병마와 죽음과의 싸움 앞에서 흔들리지 않게 되었습니다. 그렇지만 생명의 연장을 구한 히스기야 왕의 기도는 들어 주셨는데 왜 '이 환자를 꼭 살려주세요'라는 나의 기도를 때로는 들어 주시지 않았을까 하는 의심이 지난 10여 년간 마음속에 남아 있었습니다.

그렇지만 이식 전에 환자의 상태가 매우 중하여 간이식을 받더라도 제대로 회복하여 살아날까 염려했던 환자 중 많은 사람이 수술 후 회복 기간에 우여곡절은 많지만, 예상 밖으로 별다른 문제 없이 회복하여 건강을 되찾습니다. 그리고 가정과 일터로 복귀하여 새로운 삶을 살아가는 것을 보게 됩니다. 어느 날 다시 한 번 왜 '이 환자를 꼭 살려주세요'라고 한 나의 기도를 들어 주시지 않았을까 하는 생각이 들었을 때 문득 '그간 네가 살려달라고 기도하지 않았던 환자들까지도 내가 살려주었단다' 하시는 음성을 듣게 되었고, 이제는 생사화복의 주관자는 하나님이시라는 확고한 믿음으로 모든 환자를 돌보고 있습니다.

술로 인한 말기 간경변증으로 아들로부터 간 일부를 기증받아 새로운 삶을 시작한 아버지는 수술 전에 데면데면했던 아들과의 관계가 사랑의 관계로 바뀌었습니다. 그들 부자는 마치 연애하는 눈빛으로 서로 바라보기에 환자의 부인은 질투가 날 지경이라고 행복한 고백을 했습니다. 또 다른 환자는 무시했던 처남으로부터 간 일부를 기증받아 건강을 회복했습니다. 그 이후에는 처남이 집에 오면 버선발로 뛰쳐나간다면서 현재의 상황이 정말 고맙고 행복하다고 환자 부인은 말했습니다. 체격이 너무 커서 두 명의 생체 간 기증자가 필요했던 환자가 있었습니다. 그의 두 아들은 서로 자기 간을 드리겠다고 다투었으나 결국 두 아들의 기증으로 건강을 회복했습니다. 그 중에서도 큰 쪽을 드린 아들이 장남 구실을 제대로 했다고 흐뭇해했습니다. 수술 후 정기 외래 방문 중 "선생님, 제가 몇 사람을 먹여 살리는지 아십니까? 제가 운영하는 사업장에 수천 명의 종업원이 있

별을 던지는 세브란스

습니다" 하면서 함박웃음을 짓고 간 환자도 있었습니다.

그러나 모든 환자의 수술이 성공하는 것은 아니었습니다. 한 환자는 출가하지 않은 예쁜 딸로부터 생체 간이식을 받았으나 수술 후 결과가 좋지 않아 회복하지 못하고 세상을 떠났습니다. 그렇지만 가족들은 환자를 위하여 최선을 다하였습니다. 그들은 교수님께서 끝까지 최선을 다하셨기에 후회가 없다고, 고맙다는 말을 잊지 않았습니다. 그뿐 아니라 낙심하지 말고 계속 수술하여 다른 환자들과 가족들에게 기쁨을 주라고 하며 오히려 나를 위로했습니다. 그간 이식외과 의사로 살아오면서 만났던 여러 환자분과 그들의 가족의 삶이 수술의 성공 여부와 관계없이 수술 후에 현저하게 바뀌는 것을 보았습니다.

하나님! 이러한 일에 나를 도구로 사용하여 주심을 감사합니다.
언제나 저와 동행하시는 당신의 손을 잡고 인도하시는 대로 살아가렵니다.

자유롭게 하는 게
뭔가요

★

간호사 유인선

"하나님의 사랑으로 인류를 질병으로부터 자유롭게 한다." 이곳 연세의료원의 미션이다. 정말 멋있는 말임을 인정하면서도 과연 실현 가능한 미션인지 오랜 시간 의문을 가져왔다. 하나님의 사랑은 분명 우리를 평안하게 하지만, 평범한 하루의 일부를 쪼개어 진료를 받으러 병원까지 오는 일 자체가 자유롭지 못하다고 생각되었기 때문이다. 병원에 한 달이고 두 달이고 입원하고 있는 환자들을 간호할 때면 과연 이 환자분들이 퇴원을 한다 해도 자유로울 수 있을까 하는 생각이 늘 들었다. 그러나 신규 간호사 때부터 매년 각종 평가 때마다 달달 외워서인지, 정말 하나님께서 주신 사명인지 잘 모르겠으나 언제부턴가 하나님이 나에게 보여주신 사랑을 담아 환자들을 대해야 한다는 것이 사명처럼 느껴졌다.

하루는 폐암으로 호흡곤란 증상이 있어 입원한 여자 환자분의 간호를 담당하게 되었다. 비강캐뉼라로 산소를 공급받고 있었으나 산소포화도도 잘 나왔고, 병동 내에서 한두 바퀴 보행할 정도로 컨디션도 좋았다. 본인과 같은 환자가 또 있는지, 이러다가 퇴원 못 하는 환자도 있는지, 질문이 많아서 처음에는 단순히 염려가 많은 환자분이겠거니 하고 생각했는데, 시간이 조금 지나자 단순 염려를 넘어 불안감이 유달리 심하다는 것을 알 수 있었다. 항불안제를 지속해서 복용하고 있었음에도, 환자분은 언제나 불안해 보였다. 무표정한 얼굴에 눈빛은 늘 불안하였으며 부정적인 생각이 꼬리에 꼬리를 물고 지속되었다. 다른 환자들을 담당하는 날에도 간혹 복도에서 마주칠 때가 있었는데, 내가 밝게 웃으며 인사를 하여도 그 환자분은 여전히 불안한 눈동자에 무표정한 얼굴로 응답했다. 환자가 발을 떨면서 불안한 마음과 부정적인 생각을 표현할 때면 그 불안감이 나에게까지 전달되는 듯 했다.

그러다 보니 자연스레 마음이 쓰이게 되었고, 그 불안감을 해소시켜주고 싶었다. 환자가 불안감으로부터 자유로워졌으면 좋겠다는 생각은 들었으나, 도저히 방법을 알 수 없었다. 환자의 이야기를 차분히 들어주면 속이 좀 시원할까 싶어 처음에는 맞장구를 치며 들어주기도 하고, 다른 이야기로 관심을 돌려보기도 했다. 하지만 그런 대화에는 한계가 있었다. 내가 정신분석이나 심리 상담을 전공한 것도 아니고, 일이 바쁜 날은 그녀의 말을 건성으로 듣고 대화를 신속히 마무리했다.

그렇게 뭔가 찜찜한 마음으로 일하다가 쉬는 날이 되어 집에서 꿀 같은 휴식을 취하고 있는데, 휴대폰 메시지의 알림음이 계속 울렸다. 간호사 수가 많은 병동이다 보니 단체 공지사항을 늘 휴대폰 메시지로 전달하곤 했다. 그날따라 알림음이 유난히 귀에 거슬렸다. 쉬는 날인데도 병원에 관련된 일을 신경 쓰게 되니 슬슬 짜증이 났다. 그러다 갑자기 한 가지 생각이 머리를 스쳐 지나갔다.

나는 병원에 소속되어 있지만 쉬는 날은 병원에 출근하지 않고 그곳을 벗어나 있기 때문에 자유로울 수 있었던 것이다. 그때 그 환자분 생각이 났고, 쉬는 날에 내가 병원으로부터 떨어져 있는 것처럼 환자분의 마음이 불안감으로부터 잠시 떨어질 수 있게 해준다면 얼마나 좋을까 하는 생각이 들었다. 그 방법을 찾는 것은 어렵지 않았다. 바로 성경 말씀이었다.

고3 수험생일 때, 휴학과 진로에 대해 고민했던 대학생 시절, 취업준비생이었을 때 나에게 힘을 주고 위로가 되었던 것이 바로 성경 말씀이었다. 그것은 과거에 쓰여 전해 내려오는 말씀이었지만 지금 나에게 하시는 하나님의 음성이었고, 나에게만 손수 써주신 편지 같았다. "제가 나중에 퇴원할 수 있을까요? 못할 것 같아요"라고 말하며 걱정하던 환자분의 얼굴이 떠오르며, 성경 구절 하나가 생각났다.

아무것도 염려하지 말고 다만 모든 일에 기도와 간구로, 너희 구할 것을 감사함으로 하나님께 아뢰라(빌립보서 4장 6절).

환자분이 일어나지도 않은 일을 계속 걱정하기보다는 감사할 일을 많이 생각하고, 묵직한 불안감을 하나님께 맡기고 가벼워졌으면 좋겠다는 생각이 들었다. 다음날 출근해보니 환자분은 여전히 무표정한 얼굴로 복도를 걷고 있었다. 그 날 나는 다른 병실 담당이었다. 그런데 환자분의 얼굴을 보자 빌립보서 4장 6절 말씀을 전해드려야겠다는 생각이 들었다. 환자분의 종교가 무엇인지 궁금하여 간호정보조사지를 확인해보니 불교였다.
그때부터 내 마음에 심한 갈등이 생기기 시작했다. 가뜩이나 불안한데 본인의 종교와 맞지 않는 성경 말씀을 적어드려 불안감을 더 유발한 것은 아닌지 걱정되었다. 그렇다고 아무것도 안 하고 있자니 성경 말씀이 주시는 위로를 나 혼자만 누리고, 공유하지 않는 것 같아 마음이 불편하였다. 심하게 갈등하다가 내가 내린 결론은 아무것도 하지 않는 것이었다. 담당 간호사도 아닌데 괜한 참견을 하는 것 같았기 때문이다. 그러다 다시 그 환자분을 담당하게 되는 날이 있었는데, 하나님께서 계속 마음에 부담감을 주셨다. 너는 염려하는 일이 있을 때 나한테 기도하고 해결하면서 저 환자는 저렇게 놔둘 거냐고 책망하시는 것 같았다. 하지만 또다시 나는 아무것도 하지 않았다. 환자의 종교가 불교라는 사실 때문이었다.

그렇게 며칠이 흐르고 여느 때와 같이 항생제를 투약하고, 약을 드리고, 환자분과 대화를 하고 있었는데 또 다시 부담감이 찾아왔다. 환자분의 눈이 도와달라고 말하는 것 같았다. 마침 일도 바쁘지 않았고, 빌립보서 4장 6절 말씀은 계속 머릿속을 떠돌고 있어서, 결국 나는 펜을 들어 예쁘지도 않은 메모지에 빌립보서 4장 6절 말씀을 써내려갔다.

다음날이 쉬는 날이었기에 퇴근하기 직전에 성경말씀을 쓴 쪽지를 드리고 퇴근하면 시간이 흐르니 다시 만날 때 좀 덜 어색할 거라고 생각했다. 환자분께 자기 전에 먹는 약을 챙겨드리고 나서 "○ ○

님, 이거 제가 힘들 때 자주 읽는 성경 말씀인데요"라고 운을 떼며 메모지를 손에 쥐어 드렸다. 그러자 뜻밖의 반응이 왔다. 환자분은 메모지에 뭐라고 쓰여 있는지 보지도 않으시고 아기같이 울음을 터뜨리며 고맙다는 말만 되풀이하였다. 누가 툭 건드리기만 해도 저렇게 울음이 터질 만큼 힘드셨는데 저 울음을 꾹꾹 참고 계셨구나. 나도 눈물이 핑 돌았다. 그리고 조금 더 일찍 용기를 내어 다가가지 못한 것이 죄송하고 후회스러웠다. 나도 눈물이 많이 날 것 같았고 괜히 쑥스러움과 어색함이 느껴져 뭔가 도움을 드리고 싶었다고, 읽어보시라고 말을 하고 서둘러 방을 나왔다. 환자분의 반응을 보고 하나님께 감사했다. 그리고 하나님의 말씀은 역시 살아있으며 힘이 있다는 생각이 들었다.

그 후 얼마 지나지 않아 환자분은 정말 본인이 걱정한 대로 퇴원을 하지 못하고 돌아가셨다. 복도를 걸어 다닐 정도로 컨디션이 괜찮으셨는데 너무 갑작스러운 일이었다. 그때 내가 끝까지 아무것도 하지 않았더라면 어땠을까. 부족한 나를 사용하셔서 환자분의 마음을 감동케 하신 하나님께 감사했다. "때를 얻든지 못 얻든지 항상 말씀 전파하기를 힘쓰라"(딤후 4:2)고 하신 말씀이 생각났다.

"하나님의 사랑으로 인류를 질병으로부터 자유롭게 한다"라는 말씀, 아직은 어떻게 하는 게 환자를 질병으로부터 자유롭게 하는 것

인지 잘 모르지만, 이번 일을 계기로 어떻게 이 사명을 완수해나가
야 하는지를 조금은 알게 되었다.

아버지를 위한 하나님의
구원 계획

★

간호사 김주혜

2015년 3월 아버지는 발가락이 썩어들어 간다는 진단을 받고서 부랴부랴 서울에 있는 내 집으로 올라오셨다. 당뇨병을 앓고 있던 아버지가 뜨거운 물에 화상을 입었는데 방치한 탓으로 당뇨합병증이 온 것이다. 세브란스병원 응급실에서 정형외과 진료를 받으셨다. 항생제를 주사로 투약한 후, 외래로 다시 오기로 하고 근처에 있는 병원에 입원하셨다. 그 병원에서 항생제를 맞는 동안 수액을 달게 되었는데 3일째 되던 날 호흡곤란을 호소하였다. 아버지는 폐부종 진단을 받고 이뇨제 투여 후, 세브란스병원으로 옮기게 되었다. 응급실에서 이동용 심장초음파 사진을 찍었을 때 심장에 폐부종이 올 만큼의 이상은 없다고 했다. 이뇨제 투여 후 증상이 많이 호전되어 안심하고 병실로 옮기게 되었다.

그날 나는 밤 근무 중이었는데 아버지와 함께 있던 동생이 뛰어올라왔다. 아버지가 갑자기 호흡곤란이 심해지고 의식을 잃어서 기도 삽관을 하고 중환자실로 이동하였다는 것이다. 나는 걱정과 두려움으로 떨면서도 근무를 마치고 중환자실로 면회를 갔다. 아버지는 패혈증으로 열이 나고 혈압까지 떨어져 승압제를 사용하는 상황이었다.

아버지의 썩어들어 가던 발가락은 승압제 때문에 발바닥까지 썩어들어 가고 있었다. 혈압도 안정되지 않아서 인공호흡기를 달고 있었고, 계속 진정제를 투여하고 있었으나 의식은 없었다. 나는 그런 아버지의 모습을 보고서 가슴이 몹시 죄고 아팠다. 순간순간이 불안하고 두려웠다. 간호사로서 나의 지식과 간호가 아버지에게 아무런 도움도 되지 못한 것에 대한 자괴감마저 들었다.

예전에 나는 아버지의 구원을 위해 간절히 기도한 적이 있었다. 그때 아버지가 예수님을 받아들이고, 예수님과 함께 식사하는 환상을 본 적이 있었다. 그런데 아버지가 이대로 돌아가신다면 아버지의 구원은……. 앞이 캄캄했다. 지금 이대로 보내드릴 수는 없다고 울면서 하나님께 기도했다. 아버지가 믿음이 없으신데 이대로 돌아가시면 어떻게 하느냐고, 죽음을 앞둔 히스기야를 더 살게 하신 하나님께서 아버지를 살려 달라고 매달렸다.

기도 중, 하나님께서 아버지를 살려 주실 것이라는 확신이 섰다. 그리고 불안하던 마음이 안정을 찾게 되었다. 그때부터 시간마다 확인하던 활력징후와 혈액검사 결과를 더 이상 확인하지 않게 되었고, 중환자 면회 시간에만 아버지의 상태를 의사에게서 설명 들었다. 내 마음에 하나님이 아버지를 살려주실 것이란 믿음이 충만하여 안정된 모습으로 아버지를 바라보고 있을 때 아버지의 혈압은 안정되고 열이 잡히기 시작하여서 인공호흡기를 떼고 일반 병실로 옮기게 되었다. 그 후 심장혈관 조영술을 통해 스텐트(stent) 삽입을 하고, 발 수술을 마친 후 퇴원하게 되었다.

퇴원 후, 나는 아버지께 성경 읽기를 같이 해보자고 말씀드렸다. 예전에는 싫다고 하셨는데 "그럼 한 번 해볼까?" 하시면서도 교회는 가지 않겠다고 하셨다. 아버지는 가끔 성경을 읽으면서 서울에 계시다가 수술한 발이 회복되자 집으로 내려가셨다. 그러나 그해 겨울, 수술한 오른쪽 발이 아닌 왼쪽 발가락이 다시 썩어들어 가기 시작했다. 아버지는 다시 입원하셨고, 심장내과에서 왼쪽 하지에 스텐트를 삽입하고 정형외과의 수술 일정을 잡게 되자 몹시 불안해하셨다. 이번에는 걸을 수 없어서 시골집에 다시 돌아가지 못하는 게 아니냐고 하셨다. 처음 오른쪽 발을 수술할 때만 해도 발을 자르는 것에 대해 겉으로는 의연한 척하셨는데, 왼쪽 발마저 수술해야 한다는 말을 듣고서는 몹시 당황하고, 감당하기 힘드신 것 같아 보였다.

나는 지난 3월, 처음 아버지가 수술할 때 매달렸던 하나님께 다시 매달렸다. 그때 아버지를 살려주셨던 하나님께 다시 한 번 아버지를 살려달라고. 그뿐 아니라 아버지를 사랑하는 많은 사람들이 아버지를 위하여 기도하고 있다고 아버지께 말씀드렸다. 수술 후, 상처는 더디지만 회복되었다. 그러나 혈당 조절과 발 관리가 잘되지 않고, 면역력이 떨어지면서 결핵까지 걸렸다. 입원과 퇴원을 반복하면서 아버지가 우려한 대로 고향집으로 내려 갈 수 없게 되는 것은 아닌지 걱정되기도 했다.

아버지는 가끔 나와 함께 성경을 읽고 기도하면서, 이번에 다시 집으로 내려갈 수 있게 되면 교회를 다니겠노라고 약속하셨다. 그리고 마침내 4개월의 시간이 흘렀다. 결핵이 치료되면서 혈당도 조절되어 인슐린 주사도 끊게 되고, 발도 회복되어 다시 고향집으로 내려가셨다. 아버지는 집에 내려가면 교회 가겠노라는 나와의 약속을 잊지 않고 어머니와 함께 두 달 넘게 주일마다 교회에 다니고 계신

별을 던지는 세브란스

다. 아직 믿음이 생겼는지 모르겠다고 말씀하시지만, 환영해주는 교회 사람들과 목사님의 사랑을 받고 계신다. 한 달에 한 번 또는 두 번씩 서울 병원에 올라와야 하지만, 그것마저도 불평하지 않고 잘 견뎌내신다.

나는 작년 일 년 동안이 하나님께서 아버지의 육체를 구해주셨을 뿐 아니라 영혼을 구원해 주신 시간이었음을 감사드린다. 한평생 하나님을 모르고 살면서 오히려 하나님 믿는 가족을 핍박하셨던 아버지가 하나님을 알게 되고 하나님께 돌아오게 하신 하나님의 사랑과 구원에 감사드린다. 나의 오래된 기도를 들어 주셔서 정말 감사드린다.

그 후, 나는 내가 간호해야 할 모든 환자들도 어떤 이의 아버지이고, 어머니이고, 또 아들이고 딸이라는 생각이 가슴 깊은 곳에서 떠올랐다. 또한 그들은 모두 하나님의 사랑하는 아들과 딸들이다. 환자를 대할 때마다 내 아버지가 중환자실에 계실 때 느꼈던 그 감정, 안타까움으로 간호할 수 있도록, 그리고 육의 간호뿐 아니라 영혼의 구원을 위해서 기도하는 마음으로 환자를 대할 수 있도록 기도한다.

나에게 다른 사람들을 위해 봉사할 수 있는 직업을 허락하신 하나님께 진심으로 감사드린다.

잊을 수 없는
카드

★

작년 5월, 연세의료원에 입사한 지 10년이 되어 장기근속상을 받았다. 나의 책상 위에는 표창장 외에 누렇게 바랜 카드 한 장이 같이 자리하고 있었다. 이는 어느 환자 보호자의 감사 글이 담긴 카드이다. 10년 동안이나 고된 간호 생활을 성공적으로 이끌어온 힘이 되었고, 환자와 보호자에 대한 고마움을 갖게 한 글이다.

2009년 7월 강원도의 한 병원에서 폐암 진단을 받고 입원을 하게

72   별을 던지는 세브란스

된 환자 한 분이 있었다. 잦은 기침과 가슴 통증으로 찾아간 근처 병원에서 폐암 4기 진단을 받게 되었다. 그녀는 적극적인 치료를 하기 위하여 가족들과 함께 대학병원 종양내과 병동에 입원하게 되었다.

그 당시 나는 반복되는 일상사로 지루함이 가득했던 4년 차 간호사였다. 환자는 그저 환자일 뿐이었다. 그때 나는 환자의 효심 가득한 두 아들과 모든 것을 궁금해하는 환자 남편의 질문이 귀찮기만 했다. 그래서 그들은 내가 일부러 무관심하고픈 대상이었다. 아침이면 언제나 두 아들은 어머니의 손을 잡고 기도와 묵상으로 하루를 시작하였다. 환자는 암이 뇌까지 진행된, 예후가 좋지 않은 상황인데도 불구하고 아들들은 늘 긍정적인 말을 어머니에게 들려주며 정성 가득한 간호를 하였다. 그런데 시간이 흐름에 따라 아들들의 어머니에 대한 넘치는 사랑이 나에게도 전달되어, 그분들의 이야기에 귀를 기울이며 공감하고 위로하게 되었다. 환자 또한 힘든 상황에서도 늘 작은 것에 감사하고 남을 이해해주는 분이었다. 내가 아침 근무를 하는 날이면 언제나 작은 간식을 전해주며 감사의 말씀을 빠뜨리지 않았다.

환자는 큰 부작용 없이 첫 항암치료를 끝내고 퇴원하였다. 그 후로는 외래에서 항암치료를 받기 때문에 잠시 잊고 지냈다.

두 달이 지났을까, 저녁 근무를 하던 중 응급실에서 병동으로 올

라온 낯익은 환자와 보호자를 만났다. 갑작스런 호흡곤란으로 응급실을 방문했는데 심각한 폐렴 진단을 받고 입원하여 집중 치료를 받게 되었던 것이다. 두 달 동안 환자분은 많이 야위었고, 통증으로 인하여 아주 고통스러워하였다. 그 힘든 와중에서도 오랜만이라며 나의 손을 잡고 반가워하는 환자를 보니 안타까움과 고마움으로 내 눈도 촉촉해졌다.

아직 결혼하지 못한 두 아들과 자신이 떠난 후 혼자 남을 남편 걱정에 차마 눈을 감지 못할 것 같다는 환자, 자신보다도 여전히 자식 걱정, 남편 걱정에 마음 아파하며, 매일 기도드린다는 환자에게 내가 해줄 수 있는 게 아무것도 없는 것 같아 안타까웠다. 그 당시는 환자의 마음을 내가 대신 가족에게 전달해줄 수도 없고, 환자의 걱정을 대신 해줄 수도 없고, 그저 편안한 마음으로 치료에 임하라고 격려해줄 수밖에 없었다.

그녀는 2주간의 고통스러운 치료를 끝으로, 사랑하는 두 아들과 남편 곁을 떠났다. 깊은 잠을 자듯이…….

사랑한다는 말, 고맙다는 말, 자주 해주지 못한 것에 대한 후회와 미련으로 가슴 아파하는 두 아들과 남편에게 어머니의 말씀을 대신 전달해주며, 어머니와의 힘든 마지막 이별을 도와드렸다. 나 또한 마지막으로 그분을 간호할 수 있어서 감사하다며 정중하게 인사를 드렸다. 그렇게 고인과 고인의 가족들과의 만남은 끝났다.

그 후 10일이 지났을까, 근무하고 있던 어느 날, 두 아들과 아버지가 빵을 한가득 담은 커다란 봉투를 내밀며 다가왔다. 어머니의 마지막을 잘 마무리하였고, 그날은 필요한 서류가 있어서 외래에 들렀다가 간호사님 얼굴을 뵙고 전해드릴 게 있어서 직접 찾아왔다는 것이다. 아들은 손에 들고 있던 카드 한 장을 주면서 그동안 어머니를 잘 간호해 주셔서 고맙다는 인사를 하고 돌아갔다.

그들이 떠난 후, 나는 카드가 들어있는 봉투를 조용히 뜯었다.

설지은 간호사님!

짧은 기간이었지만 사랑과 정성으로 저희 어머니를 돌봐주셔서 깊은 감사의 마음을 드립니다. 설지은 간호사님, 마음에서 우러나오는 사랑과 섬김의 마음이 너무도 저희들 마음에 큰 감동을 주었고, 저희 어머니도 무척 감사하게 생각하셨습니다. 지금의 아름다운 섬김의 모습과 마음이 늘 변치 않기를 바랍니다. 늘 건강하고 행복하시고 가정 위에 하나님의 큰 축복과 사랑이 가득하길 진심으로 기원합니다.

2009. 9. 22 고 김00 가족 드림

고인의 가족들이 주고 간 카드를 읽고 난 후, 가슴이 뭉클했다. 조금 더 고인에게 잘 해드리지 못한 것에 대한 후회와 아쉬움이 밀려왔다. 7년이 지난 지금도 그때 그 환자와 보호자 생각이 떠오르면 누렇게 바랜 카드를 꺼내놓고 바라본다.

　　지치고 힘든 간호사의 길에 하나님의 사랑과 그분들 같은 환자와 보호자들이 있었기에 10년을 근속할 수 있었으리란 생각이 든다. 지금 내가 환자를 간호하는 것은 하나님이 사랑하는 자녀를 돕는 일에 동참하는 것이며 나를 사랑하시는 하나님에게 보답하는 길이라는 것을 깨닫게 되었다.

　　그녀는 지금쯤 하나님 품 안에 안겨 걱정 없이 지내고 있으리라. 고개를 창밖으로 돌려 녹색 바람에 흔들리는 보랏빛 라일락 꽃송이를 바라본다. 오월의 라일락 향이 창 안으로 스며오는 것 같다. 파란 하늘에 하얀 뭉게구름이 어디론지 흐르고 있다.

별을 던지는 세브란스

기적은 일어나는 것이 아니라
만들어 가는 것이다

★

전도사 김복남

나는 3년의 실습, 정규직 20년과 계약직 4년, 모두 27년의 기간 동안 재활병원 원목실에서 일했다. 오랫동안 재활병원에서 근무하였기에 많은 재활환자와 그들의 가족을 만났고, 그들에 대하여 많이 안다고 생각했다. 하지만, 해가 거듭되고 그들을 알아 갈수록 나는 재활환자들에 대한 고민 상담과 그들을 위한 기도에 자신이 없어져만 갔다. 왜냐하면, 재활환자들이 가지고 있는 고통과 고난의 크기를 헤아릴 수가 없었기 때문이다.

과거 재활병원 내에 재활학교가 있을 때 10년간 재활학교에서 성경을 가르친 적이 있었다. 그 기간에 많은 장애아와 부모를 만나면서 그들의 아픔을 보고 들을 수 있었다. 그런데 장애아를 키우는 어머니들에게는 똑같은 소원이 있다. "아이보다 딱 하루를 더 사는 게 소원이에요. 우리가 죽은 뒤에 아이들이 천덕꾸러기가 되는 것보다 내가 살아 있을 때, 아이를 내 손으로 묻어주고 죽으면 얼마나 감사할까요"라고 말한다. 그만큼 장애를 가지고 이 세상을 살아간다는 것은 힘든 일이며, 그것을 바라보고 돌봐야 하는 부모의 마음은 더 힘이 든다.

재활을 하는 장애인들과 그 가족이 가지고 있는 아픔의 고통이 얼마나 큰지 잘 알고 있기에 나는 그들을 알아갈수록 자신이 없을 수밖에 없었다. 환자들은 고민에 빠지면 원목실로 찾아와 전도사인 나에게 많은 질문과 상담을 한다. 명쾌하게 답을 내려주거나 방향을 정해줄 수 있다면 좋겠지만, 이야기를 들을 때마다 속 시원하게 대답해준 적이 별로 없다.

대답할 수 없는 질문이 꼬리에 꼬리를 문다. "이미 장애아가 있는데 또 장애아를 임신했다고 해요. 이 아이를 낳아야 하는지요? 지워야 하는지요?", "남편이 식물인간이 된 지 20년이 되었습니다. 언제까지 이 병원 저 병원으로 옮겨 다녀야 하는지요? 요양병원에서도 받아주지 않겠다고 합니다. 이제 포기하고 집으로 데리고 가야 하는 지요?", "사지마비가 되어 평생을 이렇게 살면서 가족을 힘들게 할 것인데 자살을 하면 안 될까요?", "이 늙은이가 오래 입원해 있다가 자식들 우애를 갈라놓을 것 같습니다 서로 간병 안 하겠다, 치료비 안 내겠다고 하는데 그만 치료를 포기하고 퇴원하면 안 될까요?"

이런 그들의 눈물 어린 질문에 과연 내가 무엇이라고 대답을 해주어야 할까? 아니 내가 어떤 대답을 한들 그들의 문제가 나아질 수 있을까? 그들의 장애와 병을 치료해줄 수도 해결해 줄 수도 없기에 대답해줄 말이 없어서 그저 벙어리 된지 오래다. 그들에게 어떤 결정을 내려주거나 해결해 줄 수도 없을뿐더러 그들에게 기적이 일어나게 하는 것은 더욱 할 수 없다.

사실 재활환자와 보호자들이 바라는 기적은 모세가 홍해를 가르는 기적도 아니고, 예수님이 죽은 자를 살리는 이적도 아니다. 그들이 바라는 기적은 우리가 누리는 일상의 평범한 것들이다. "일어나 걸을 수 있는 기적이 일어나게 해주십시오", "입으로 먹을 수 있는 기적이 일어나게 해주십시오", "손가락, 발가락 하나라도 움직일 수 있는 기적이 일어나게 해주십시오", "소변이 마렵고 대변이 마려운 느낌이 돌아올 수 있는 기적이 일어나게 해주십시오", "내 발로 걸어 화장실 갈 수 있는 기적이 일어나게 해주십시오", "남편 입에서 '여보'

라고 말할 수 있는 기적이 일어나게 해주십시오", "우리 아이 입에서
'엄마'라는 소리가 나올 수 있는 기적이 일어나게 해주십시오."

우리가 누리는 일상의 평범한 것, 우리가 겪는 당연한 것들이 이
재활환자들에게는 기적이고 불가능한 것이다. 그런 기적을 기다리
는 사람들에게 나는 담대하게 "기적이 일어날 줄 믿습니다" 하고 기
도하지 못하였으며, 퇴직을 앞둔 오늘까지도 "기적이 일어나도록 도
와주소서", "기적이 일어나도록 불쌍히 여겨주소서", "기적이 일어나
도록 긍휼히 여겨 주소서" 하면서 그저 힘없이 기도할 수밖에 없다.

왜냐하면 나는 지난 27년 동안 그들을 위해서 기도했지만 단 한
번도 절단 환자의 없는 팔과 다리가 나오는 기적을 본 적이 없고, 일
어서고 걷는 기적이 일어나게 해 달라고 기도했지만 어느 날 갑자
기 일어서고 걷는 기적을 본 적도 없다. 재활을 통하여 완전하지 않
지만 일어나 걷는 것을 본 적은 있다. 그렇지만 장애를 갖기 전의 온
전한 모습으로 일어나 걷는 것을 본 적은 없기 때문에 나는 '믿습니
다'라는 말을 사람들에게 담대하게 하지 못한다. 그것은 환자들을 속
이는 말이라고 생각했기 때문이다. 그러한 나의 모습 때문인지 나는
환자들에게 인기가 없는 전도사가 되었다. 환자에게 기적을 일으킬
수 없는 자신을 돌아보면서 실망도 많이 하였고 의기소침해지기도
하였다. 하루는 이러한 나의 고민을 재활병원 의사들에게 이야기한

적이 있었다. 그러한 나를 보면서 의사들은 웃으며 이렇게 말했다. "전도사님에게 신유의 은사가 있으면 큰일 나지요. 그러면 바로 병원 문을 닫아야 하잖아요."

사실 이 의사들이야말로 탁월한 신유의 은사가 있는 사람들이다. 하나님께서 귀한 달란트를 주신 그들이야말로 신유의 은사가 가장 강하게 드러나는 사람들이다. 우리 재활병원의 많은 의사분들이 그 주인공들이며, 특히 재활병원장이신 신지철 교수님은 그러한 신유의 은사를 가진 사람이기에 환자들, 그중에서도 어린아이와 학생들과 젊은 환자들에게 인기가 많다. 재활병원장님은 환자들을 얼마나 자세히, 그리고 열심히 보시는지 외래가 없는 날 오전 7시부터 11시까지 회진을 하시는데 환자 개개인에게 어떻게 치료해야 하는지를 동행하는 전공의들이나 치료사들에게 꼼꼼하게 알려주고 시범을 하신다.

한번은 어느 환자가 나에게 "교수님께 욕을 꾸지람을 듣는 것은 참 기뻐요"라고 말했다. 또 어떤 환자는 "교수님께 꾸지람을 듣는 것을 로또 맞은 행운"이라고 했다. 세상에 의사에게 꾸지람을 듣고 기분 좋아할 사람이 아무도 없는데 재활병원장님의 환자들은 이것을 기쁘다고 말한다. 나는 그와 같은 환자들을 수없이 보아 왔기 때문에 그 말뜻을 안다. 그것은 다른 환자들 가운데 남다른 관심을 받아서 기쁘다는 의미이다. 재활병원장님은 늘 환자들의 건강을 걱정해 주고 위로의 말을 아끼지 않기에 환자들은 그를 존경하고 따른다.

하루는 환자들에게 기적을 행할 수 없어서 인기 없는 전도사라고 생각하고 있는 나를 위로하기 위해서인지 재활병원장님께서 "전도사님, 제가 이 환자에게 기적이 일어나도록 몸을 만들어 줄 터이니……"라고 말을 건넸다. 이 말이 무엇을 의미하는지 처음에는 쉽게 깨닫지 못하다가 분명히 하나님께서 원장님을 통하여 말씀하신 것이라 믿고, 많이 묵상하는 가운데 '아! 원장님께서 기적이 일어나도록 몸을 만들어 주면 나는 환자가 낙심하지 않고 열심히 재활하도록 하나님 말씀을 심어 주어 같이 기적을 만들어 가야 한다는 것이구나'라고 깨달았다.

그래서 나는 환자들에게 새로운 인생을 살아갈 수 있도록 신앙을 심어 주고 있다. 갈라디아서 6장 9절, "선을 행하되 낙심하지 마라 포기하지 않으면 이루리라" 이 말씀은 세브란스 재활병원 앞 화단에 있는 돌비석에 새겨진 말씀이고 우리 재활병원의 로고이다. 이 로고의 말씀대로 환자들이 낙심하거나 포기하지 않도록 내가 옆에서 신앙을 심어주고 그들에게 용기와 희망을 심어주려고 노력했다.

재활병원장님과 나는 환상의 콤비가 되어 기적을 만들어 왔다. 때로는 장학금을, 때로는 치료비를 지원해 줄 수 있는 후원자를 연결해주었다. 그래서 환자 가운데 연세대학교 법학대학을 수석으로 졸업하고 검사가 된 사람도 있고, 서울대학교 경제학과에 재학 중인 학생도 있다. 15세에 우리나라 최연소자로 성균관대학교 4년 장학생으로 졸업한 아이도 있다. 그 밖에 휠체어 스포츠 선수들, 휠체어 댄서 등 기적을 만든 사람들이 많이 있다. 앞으로도 그 기적이 계속 만들어질 것이다.

환자에게 기적이 일어나는 것은 의사의 의료 기술뿐 아니라 그의 열정과 인간에 대한 사랑, 그리고 환자가 하나님의 사랑을 깨닫고 기적에 동참하려는 의지의 결과이다. 치료는 하나님의 섭리에 따라 의사와 환자가 동행하는 길이다. 아쉬운 것은 이제 내가 세브란스에서 은퇴하므로 이 자랑스러운 사역을 더 이상 같이 할 수 없다는 것이다. 하지만 또 다른 목회자가 신유의 은사를 일으키는 의사분들과 새로운 기적을 일으킬 것이라고 확신한다.

마지막까지
의지할 수 있는 분
: 보호자와 의료진이 주고 받은 사랑의 편지

김효송 교수님께

교수님, 안녕하세요. 2월 12일 소천하신 조희숙 환자의 자녀입니다. 치료 기간에도 늘 엄마의 마음을 편하게 해 주신데 대해 감사하였지만 어느 정도 마음을 추스른 지금, 한 번 더 감사한 마음을 전하고 싶어 글을 씁니다.

아빠가 돌아가신 이듬해인 2012년 7월 암 발병 후, 몇 번의 담당 선생님을 거쳐 김효송 교수님께서 엄마의 주치의가 되셨습니다. 마지막까지 엄마가 교수님을 가장 신뢰하셨던 것은 엄마에게 전달된 교수님의 마음이었습니다.

엄마는 가정적이고 긍정적이기도 하셨지만, 교수님을 믿고 치료에 임했기 때문에 조금 더 가족과 소중한 시간을 보낼 수 있었습니다. 교수님이 엄마의 마음을 보듬어 주셨던 것이 그 어떤 치료약보다 좋은 약이 아니었나 싶습니다.

2014년 12월 말에 더 이상의 약물치료는 없다는 말씀을 들었을 때 절박한 심정에 다른 곳에 치료방법이 있지 않을까 하는 부질없는 기대로 엄마를 설득하여 보았습니다. 그러나 엄마는 "통증과 자식에게 짐을 안겨주는 것이 겁나지, 죽는 것은 겁이 나지 않는다" 하시며 "더 이상 방법이 없다 해도 마지막을 김효송 교수님께 맡기고 싶다"라고 말씀하셨습니다. 엄마에게는 교수님이 할 수 있는 모든 방법으로 치료해 주셨다는 믿음이 있었습니다. 그래서 받아들이는 마음이 조금은 편해지셨던 것 같습니다.

2013년 9월 암이 복부로 전이되어 수술을 받으신 후, 이 듬해에 예정된 큰딸 결혼만이라도 보실 수 있길 바라셨습니다. 다행히 2014년 3월에 큰딸의 손을 잡고 입장하시어 화촉을 밝혀 주셨습니다. 눈물 흘리는 큰딸을 다독이며 우는 모습도 보이지 않았습니다. 몇 날 며칠 하늘에 계신 아빠에게 울지 않게 해 달라고 부탁하셨다고 했습니다. 첫 아이의 새 출발에 밝은 결혼식을 만들어주고 싶은 마음인 것을 알 수 있었습니다.

6월에는 겁내는 엄마를 설득하여 제주도 가족여행을 강

행했습니다. 엄마는 휠체어로 겨우 이동하는 데 제대로 된 여행이 될까 도착할 때까지 걱정과 우려를 했습니다. 그러나 생각보다 순조로운 일정을 보냈습니다. 자식들 때문에 애써 웃을 때도 있었지만 정말 즐거워하시는 것을 느낄 수 있었습니다. 아쉬웠던 일정이기에 "또 다시 한 번 오고 싶어졌어! 내년에 다시 오자"라고 하셨을 때 엄마의 상기되고 확신에 찬 목소리는 되레 자식들의 가슴을 무너뜨렸습니다. 보장되지 않은 미래의 시간이었기에. 그래도 가족과 함께해서 엄마가 용기를 찾은 모습에 여행을 감행하길 잘했다고 생각했습니다. 교수님도 다녀오라고 용기를 주셨다고 들었습니다. 차 안에서 바람을 맞으며 암 치료 후 자란 짧은 머리카락을 날리던 엄마 모습이 눈에 선합니다. 다시 한 번 보고 싶습니다.

여행에서 얻은 엄마의 용기와 기대는 무너졌습니다. 얼마 지나지 않아 인지력이 급격하게 떨어져 글을 읽지 못하는 증상이 나타났습니다. 뇌세포에 암이 전이 된 것을 짐작할 수 있었습니다. 강인한 의지를 가진 엄마도 인지력 저하와 동시에 의식이 흐려지기 시작했습니다. 그해 9월에는 둘째 딸의 결혼식을 앞두고 있었기에 더욱 민망해하셨습니

다. 증상 악화를 염려하여, 앞뒤 따질 겨를도 없이 8월에 뇌
수술을 하게 되었습니다. 마지막일 것만 같은 마음에 가장
힘들었던 시기를 보낸 것 같습니다. 걱정을 많이 하던 수술
을 끝내고 중환자실에 며칠을 머물고, 입원실로 옮긴 이튿
날 오전 회진 때의 교수님 모습을 보며 엄마는 여러 번 이야
기 하셨습니다. 들어서자마자 회진 차트를 내려놓고 엄마의
두 손을 꼭 잡으며 "이제 작은딸 결혼식을 보실 수 있겠습니
다. 고생 많으셨습니다"라고 격려하셨고, 그 말씀은 엄마에
게 큰 힘이 되었던 것입니다.

엄마는 교수님께 감사하다는 말씀을 여러 번 하셨는데,
그때마다 교수님에 대한 고마움의 감정을 아이처럼 나타내
셨습니다. 엄마가 가족 외에도 마지막까지 마음을 의지할
수 있는 분이 계셨다는 게 가족에게는 큰 힘이 되었습니다.
진심으로 교수님께 감사했습니다.

엄마는 뇌수술 후 차츰 회복되며 다시 의식을 찾으셨지
만 경과를 오래 지켜봐야 했기 때문에 입원하고 계셨습니
다. 입원 중 하루, 외출하여 작은딸의 결혼식에도 참석하셨
습니다. 휠체어에 앉으시긴 했지만 엄마는 환자 같지 않은

밝은 표정으로 결혼식을 밝게 빛내 주셨습니다.

 교수님을 믿고 치료받았기에 첫째 딸과 둘째 딸의 결혼식을 앞두고 삶의 의지를 굳게 다지셨습니다. 그때는 엄마의 강한 의지로 늘 걱정하던 막내아들의 결혼식도 지켜봐 주실 것만 같았습니다. 그리고 다음 해 2월로 예정된 둘째 딸의 출산도 당연히 보실 수 있을 것이라고 생각했습니다. 그런데 11월 초, 생각지도 않은 작은딸의 조산소식에 가족은 또 한 번 시름에 빠졌습니다. 그러나 970g로 태어난 첫 손자는 두 달 뒤에 건강히 외할머니 품에 안겼습니다. 기다리던 손자를 안아 보시고 가실 수 있었습니다. 예정일에 맞춰 나왔더라면 외할머니를 못 뵈었을 손자가 외할머니를 만나 뵈려고 인큐베이터에서의 고생을 감내하면서 일찍 세상에 나왔나 싶습니다.

 노심초사 손자 볼 날만 기다리던 엄마는 12월 말에 '치료 없음'으로 진단되었고 저의 삼남매는 엄마 몰래 매일 울며 호스피스를 알아봤습니다. 흉수 배출과 염증 치료를 둘러대며 교수님께 입원 기간 연장을 부탁하고 병원에서 엄마와 3주간 더 지내게 되었습니다. 직장인이라고 집에 가서 자라며 자식의 등을 떠밀던 엄마도 그땐 셋 중 한 명이라도 꼭 방을 지키기를 원했습니다. 전엔 친지들에게 문병을 오지 말라고 하셨지만 '치료 없음'의 진단 후에는 친지들의 방문이 없으면 서운해할 정도로 마음이 약해지셨습니다.

교수님께서는 현실을 직시할 수 있도록 환자가 1개월을 넘기기 힘들 것이란 강경한 말씀을 하셨습니다. 엄마가 눈치챌까 염려하면서도 친척과 친지들에게 마지막으로 연락을 드렸습니다. 그때는 교수님의 말씀이 서운하기도 했지만 지나고 보니 그때 단호하게 이야기해주신 덕분에 후회 없이 대처할 수 있어서 되레 감사드립니다.

엄마는 "왜 쓸데없는 짓을 하느냐, 오고 싶으면 알아서들 오는 거지. 그럴 필요 없다"라고 말씀하셨지만 늘어가는 진통제에 몽롱한 의식 속에서도 엄마의 형제들이 병문안을 하고 가면 컨디션이 좋아지고 생기를 찾는 듯했습니다. 사람의 기운이라는 게 이런 거구나 싶었습니다. 형제, 조카, 질부 모두 만나 볼 수 있었고 아들딸의 친구들까지도 방문해 엄마를 위안했습니다. 많은 사람의 진심 어린 병문안에 감동한 엄마는 내가 인복이 많은가보다고 하시며 감사했습니다.

엄마는 정말로 행복한 사람일 수도 있다는 생각이 들었습니다. 그렇게 이별 준비는 이어졌지만 의식이 있는 엄마를 차마 호스피스로 가게 할 수는 없었습니다. 퇴원하면 그날로 무슨 일이 일어날까 퇴원도 미루고 2주를 더 병원에서 보냈습니다. 담당 선생님은 보호자가 이해할 수 있게 자세하게 경과를 알려주었습니다. 너무 사무적인 선생님들과는 달라 감사했고 교수님과 함께 계신 분이라 다르구나 싶은 마음이 들었습니다.

퇴원을 결정하던 날, 저희와 엄마는 불안했습니다. 잘할 수 있을까, 우리의 실수로 엄마가 더 위험해지는 것은 아닐까 걱정되었습니다. 담당 선생님은 남은 생명은 같을 것이라고 말했고 간병인도 간병 방법을 알려주며 집에서 더 안정되실 수 있다고 안심시켜주었습니다. 엄마는 집으로 오신 후 표정도 달라지고 안색도 좋아졌습니다. 진작 집으로 모실 걸 하는 생각도 들었고, 집으로 모시도록 제의하신 분들에게 고마웠습니다.

그렇게 한 달 가까운 시간을 지내며 무척 힘들었던 순간도 있었지만, 엄마가 우리 품에서 잠든 것을 정말 감사했습

별을 던지는 세브란스

니다. 갑자기 중환자실에서 임종할 가족도 없이 혼자 가신 아빠를 생각하면 엄마는 가족과 긴 시간을 보낼 수 있었습니다. 같이 사는 아들, 같은 아파트에 사는 큰딸, 엄마보고 집에 갔다가 불안해서 자정이 다 된 시간에 다시 돌아온 작은딸과 함께 오랜만에 다 같이 한 집에서 잤습니다. 그날 밤 미국의 이모까지도 어떤 이유인지 언니 생각에 전화를 걸어왔습니다. 통화가 어려워 바꾸어 드리지 못했는데 이튿날 오전에 다시 전화하셔서 이모의 육성을 엄마가 들을 수 있게 해 드렸습니다. 타국에서 걱정할까 봐 몇 개월째 엄마 안부를 일부러 전하지 않았는데 먼저 전화를 걸어온 이모는 "언니 아프지 말고 잘 지내다가 좋은 곳으로 가"라며 인사를 하였습니다. 그때는 마지막 인사를 하는 이모가 원망스러웠습니다. 그러나 그날이 엄마의 마지막 날이었습니다. 남은 한 명의 형제까지도 목소리로 작별 인사를 듣고 떠나셨습니다. 엄마가 이모를 부른 것인지 신기할 따름입니다.

통증만큼이나 숨이 옥죄어오는 고통을 엄마가 겪을까 두려웠기 때문에 고통을 오래 겪지 않게 도와달라고 하늘에 계신 아빠에게 부탁드리기도 했습니다. 드디어 엄마의 심장은 멈추었습니다. 그래도 귀에 대고 "사랑해요"라고, "막내 장가도 잘 보낼 테니 걱정하지 말고 잠드세요"라고 여러 번 말했습니다. 의학적으로 잘은 모르지만 엄마의 미세한 감각들이 들을 수 있을 것이라 믿었습니다. 엄마가 얼마나 우리를 사랑했는지 말하지 않아도 알았고 엄마도 분명 우리 마음을 알고 가셨을 것입니다.

엄마의 심장이 멎은 후, 남편은 묵묵히 구급대원과 경찰의 확인을 도왔고 여동생 부부가 조카와 함께 도착하여 엄마를 안아주었습니다. 가장 애틋하고 걱정하던 막내아들도 조용한 눈물로 엄마와 작별인사를 나누었습니다. 종교가 없던 엄마였지만 막내 이모부께서 기도로 엄마를 하늘에 부탁하셨고 큰이모와 삼촌도 7남매 중 가장 먼저 떠나게 된 형제를 애도하셨습니다. '그곳에서 아프지 말고 밝은 모습으로 아빠와 함께 마음껏 여행해, 엄마!' 삼남매도 마음속으로 간절히 빌었습니다. 엄마가 영정 앞에 틀려 달라던 '천 개의 바람이 되어'란 노래의 가사를 마음에 새기며 늘 어디서라도 부모님이 옆에 있다는 생각을 가지려고 합니다.

엄마의 사랑은 시간이 지나도 잊히지 않고, 살면서 더 뼈

별을 던지는 세브란스

저리게 느낄 것 같습니다. 아프신 데도 자식들과 좀 더 긴 시간을 갖기 위해 버텨주신 엄마에게 감사하고 남편은 엄마가 아빠와 함께 하늘나라에서 행복하시기를 빌었습니다.

엄마는 교수님이 주치의셨기에 교수님의 치료를 믿고 의지하며 평안한 마음으로 입원생활을 하셨습니다. 자세하고 정이 많으신 교수님께 돌아가신 어머니를 생각하며 저희 유족들은 다시 한 번 감사를 드립니다.

건강하시고 행복하세요.

조희숙 환자의 보호자 드림

조희숙 환자분의 세 자녀 오혜은, 혜영, 태웅님께

안녕하세요. 저는 2년여 전 환자분이 사망하신 몇 달 후, 제 외래로 따님이 찾아오신 날을 아직도 생생히 기억합니다. 환자분 생전에 엄마 배 속에 있었던 귀여운 아기와 함께 찾아오신, 유난히 효심이 깊은 분들이었지요. 종일 외래로 힘들고 지친 제 손에 직접 쓴 손편지와 함께 감사 인사를 하고 가셨는데, 외래 후 그 편지를 읽고는 매우 감동하였습니다.

그 편지는 제가 치료하는 환자분이 한 가족의 일원이자, 어머니이자 할머니이고, 온전한 한 세계임을 다시 한 번 일깨워 주었습니다. 모든 직업인이 그렇듯이 의사도 직업인인지라 괴롭고도 힘든 많은 일들이 때로는 소명의식보다 더 크게 다가올 때도 있습니다. 저 또한 그 무렵 그런 시절을 지나고 있었던 터라, 보호자분의 소중한 편지에 다시 한 번 힘을 얻어서 정진하고, 다른 환자들에게도 그 에너지를 전해 줄 수 있었습니다.

"내가 너희에게 행한 것처럼 너희도 서로 남의 발을 씻겨 주어라"라는 성경 구절처럼, 환자와 보호자의 따뜻한 말 한마디와 표현이 때로는 의료진에게 매우 값진 선의로 다가오고, 이는 다른 환자들을 돕고 일으켜 세울 수 있는 원동력이 됩니다. 다시 한 번 감사드립니다. 건강하시고 행복하세요.

교수 김효송 드림

" 오늘도 나는 누구의 이웃이며
그들을 위해 무엇을 하고 있는지를
질문하며 살아가게 된다.
이 질문의 무게와 대답의 무게가
결코 가볍지 않은 것은
주님께로부터 온 것이기 때문이리라. "

2부

이웃에 대한 사랑

일어나
걸어라

★

교수 김동수

믿는 자들에게는 이런 표적이 따르리니 곧 저희가 내 이름으로 귀신을 쫓아내며 새 방언을 말하며 뱀을 집으며 무슨 독을 마실지라도 해를 받지 아니하며 병든 사람에게 손을 얹은 즉 나으리라 하시더라(마가복음 16장 17-18절).

성경에는 이 말씀을 마치시고 예수님께서 승천하셨다고 하였다. 나는 주님을 영접한 후, 환자를 치료하는 의사로서

이 구절이 늘 나의 뇌리에서 떠나지 않는다. 특히 "병든 사람에게 손을 얹은 즉 나으리라"라는 말씀을 간직하고서, 환자를 치료할 때 환자나 보호자에게는 들리지 않게 기도하면서 치료를 한다. 그러나 내 눈앞에서 그런 기적은 좀처럼 일어나지 않았다. 나는 왜 그런 기적을 행하지 못할까? 예수님께서는 분명히 믿는 자들에게 나타나는 표적이라고 말씀하셨는데. 병원에서 환자를 돌보면서 내 환자들이 잘 회복되어 퇴원하게 되면 무척 기뻤다. 반면에 이런 기적을 행하지 못한 채, 의학적으로 최선을 다했으나 어쩔 수 없이 세상을 떠나보내야 하는 경우도 있다. 그럴 때면 내가 가진 의학적인 지식과 기술의 한계에 부딪혀 가슴을 쓸어내리며 안타까워할 뿐이다.

올여름 휴가에는 교회에서 예정한 캄보디아 단기 의료선교에 합류하기로 하였다. 지금까지 나의 단기 의료선교는 병원에서 주관하는 봉사활동에 참여해왔다. 그 봉사는 주로 재난지역을 대상으로 하는 힘든 봉사활동이었다. 병원에서 시행하는 봉사를 다녀와서 다시 또 휴가를 내어 교회에서 주관하는 봉사에 합류하기가 어려웠기에, 이번에는 병원에서 주관하는 봉사는 접고 교회에서 주관하는 봉사에 합류하기로 하였다. 올해 병원에서 주관하는 의료봉사는 네팔의 지진으로 인한 재난지역 의료봉사가 예정되어 있었다. 이제는 나이도 들고 젊은 사람들이 많이 합류하고 있는 상황이라 참여하지 않

별을 던지는 세브란스

기로 했다. 아니, 그보다도 솔직히 말하자면 이제는 봉사활동이라도 너무 힘이 들면 선뜻 나서기가 두렵다. 그저 조용히 쉬고 싶은 마음이다.

지난겨울, 교회에서는 단기 의료봉사로 미얀마에 다녀왔다. 그때는 사위가 전문의 시험을 마치고 시간이 나서 의료봉사에 합류하였다. 그는 매우 만족해 하였고 다음 기회에는 이번에 미진한 부분을 보충하여 참여하고 싶다고 했다. 더욱이 해단식을 하면서 다음에는 장인과 같이 오고 싶다고 했다는 이야기를 전해 들었다. 나는 사위의 그 말에 도전을 받았다. 그리고 여름 봉사활동에는 꼭 같이하리라고 마음을 먹고서 실행에 옮기게 되었다.

봉사활동은 시엠립과 바탐방 지역으로 결정되었다. 나는 다시 생각에 잠기기 시작하였다. 늘 그러했듯이 단기 의료선교가 갖는 의미를 생각하며 기도하기 시작했다. 먼저 하나님의 부르심이 분명히 있는 것인가? 내가 참여하지 않으면 안 되는 사역인가? 아침마다 나는 계속 기도하였고, 그 기도가 계속되면서 하나님의 분명한 부르심이 있는 것을 느낄 수 있었다.

나는 부름을 받을 때 사역지의 영적인 상황을 점검하는 습관이 있다. 그리고 문제가 있다고 느끼면 이를 대적하기 위한 기도를 드리기 위해 사역지의 종교 상황과 역사를 훑어본다.

그 지역 사람들은 불교를 근간으로 힌두교와 다른 잡신을 숭배하고 있었다. 그리고 잔인했던 킬링필드 사건으로 수많은 무고한 피가 그 땅을 적신 곳이어서 주민들의 가슴에 맺혀있는 상처 또한 깊은 곳이라는 것을 알 수 있었다. 어디를 가든지 이러한 문제와 대적하고, 예수의 보혈로 상처를 씻으려면 영적인 무장이 필요하다는 것을 깨닫게 되었다. 많은 기도가 필요한 곳이었다. 나는 아침마다 성령의 충만함을 위해 기도하였다.

특히 우리의 사역은 단순한 봉사활동이 아니라 환자들을 찾아가서 진찰하고 진단하며 필요한 약을 나누어주는 일이다. 때에 따라서는 가벼운 수술을 하고 통증을 위해서 신경차단술을 시행하기도 한다. 그러한 1차 진료뿐 아니라 필요하다면 2차 진료를 할 수 있도록, 한국으로 돌아온 후에 그들을 초청하여 치료해주기도 한다. 이러한 의료 봉사활동은 교회뿐 아니라 민간 의료 봉사 단체에서도 가능하다.

그러나 우리의 봉사활동은 다르다. 우리는 하나님의 사랑을 바탕으로 그리스도를 증거 하는 도구가 되어야 한다. 지역 주민과 환자들이 그리스도의 사랑을 느끼고 나아가서 주님을 영접하여 구원에 이르도록 도와야 한다. 이러한 사역을 통해 사망에 매여 종노릇하던 자들을 해방하고, 그리스도 안에서 새 생명을 얻게 하며, 지역을 지배하고 있는 악한 영들과 대적하여 끊어내야 한다. 우리의 사역은 하나님 나라가 확장되어 하나님께 영광을 돌리는 것과 지역 사회에 있는 하나님의 교회가 부흥하는 역사를 일으키는 계기가 되도록 돕는 일이다.

다시 말해서, 진료의 현장에서 복음이 증거되어야 한다. 예수님의 이름이 선포되기 위해서는 예수님의 이름으로 기도할 때 병든 자가 회복되는 역사가 일어나야 한다고 믿는다. 이를 위해 아침마다 기도하였는데 기도 중에 눈에 나타나는 환자가 있었다. 바로 몇 년 전, 같은 지역을 방문했을 때 의료 봉사 팀이 왔다는 소식을 듣고 우리를 찾아 왔었던 환자였다. 그는 기어서 왔었는데 그때는 아무런 치유도 못 받고 돌아갔다. 그가 다시 온다면 예수님의 이름으로 안수하고 기도할 때 그가 일어나 걷고 뛰면서 하나님께 영광을 돌리며 돌아가는 모습을 볼 수 있도록 해주십사고 간절히 기도하였다.

아침마다 양손을 펴고 기도하였다.

하나님! 예수님께서 승천하시기 전에 마가복음에서 말씀하셨던 것처럼, "병든 자에게 손을 얹은 즉 나으리라"라는 구절이 제 눈앞에서 일어날 수 있게 도와주시옵소서. 이 손에 주님의 성령이 임하시기를 소망합니다. 이 손에 병 고치는 은사를 부어주시기를 원합니다. 그리하여 기어서 온 환자가 일어나 걸어감으로 하나님께 영광을 돌리게 하시옵고 그 가족에게 복음이 선포되게 하옵시며, 사역의 장소로 사용되는 호산나 교회에 부흥이 있게 도와주시옵소서. 제가 교만해지지 않게 하옵시고, 오직 주님만이 영광을 받아주시기를 소원합니다. 저는 그냥 당신의 도구로 사용되기를 소원합니다. 저에게 오랄 로버츠 목사님에게 임하셨던 그러한 주님의 능력이 임하여서 기적을 보게 되는 영광을 허락해 주시옵소서.

2주 정도 기도했던 것 같다. 아침에 잠자리에서 일어나는데 주님이 제게 말씀하셨다. "주의 성령이 내게 임하셨으니 이는 가난한 자에게 복음을 전하게 하시려고 내게 기름을 부으시고 나를 보내사 포로 된 자에게 자유를, 눈먼 자에게 다시 보게 함을 전파하며, 눌린 자를 자유롭게 하고, 주의 은혜의 해를 전파하게 하려 하심이라"(눅 4:18-19).

나는 깜짝 놀랐다. 그리고 감사하였다. "맞습니다, 주님! 저에게 기름을 부으셔서 악한 영에 사로잡혀 고통스러워하는 캄보디아의 불쌍한 영혼, 아파서 괴로워하는 그 영혼이 주님의 이름으로 치유함을 받고 악한 영에서 자유롭게 되어 예수님을 믿고 교회를 열심히 다니

별을 던지는 세브란스

는 환자와 가족이 되게 하시고, 그 광경을 본 주위 사람들에게도 복음이 전파되는 역사를 허락하시기를 간절히 기도합니다."

씨엠립에 도착한 후, 첫 번째 사역지로 갔다. 환자 한 명이 왔다. 일곱 살 된 여아인데 한 살 때 뱀에게 왼쪽 엄지발가락을 물려서 그 발가락은 상해 떨어져 나갔고, 나머지 네 발가락만 있었다. 그런데 더 기가 막힌 것은 발등이 다리에 완전히 붙어 있었다. 너무도 기가 막힌 기형이었다. 의학적으로 보건데 다리와 발등을 나눠주는 수술을 해서 부족한 피부를 이식한다면, 다리와 발이 온전하게 회복될 것이란 생각이 들었다. 환자 이름을 적고 사진을 찍어 2차 진료 환자로 분류하고 돌아왔다.

아차! 나는 돌아오는 버스 안에서 후회(?)가 막심했다. 내 스스로가 참담한 심정을 느꼈으나 어쩔 수 없었다. 다시 그곳을 갈 수도 없는 실정이었다. 그 아이를 다시 찾을 수도 없었다. 엄마의 손을 잡고 절뚝이며 걸어가는 그 아이의 뒷모습이 계속해서 아른거려 마음이 몹시 아팠다. 그때, 그 아이를 위해서 기도하고 예수님의 이름을 선포했더라면 좋았을걸! 나는 왜 이렇게 믿음이 약한 존재인가? 예수님이시라면 손 마른 자를 고치신 것처럼 이 아이도 고치셨을 텐데. 왜 내가 그 아이를 붙들고 기도를 할 생각을 못 했던가? 나는 주님께 죄송하다며 기도하였다. 이런 실수를 다시 범하지 않겠노라고 다짐하며 기도드렸다.

다음 날은 주일이었다. 주일 오전 우리는 씨엠립의 호산나 교회에서 예배를 드렸다. 물론 설교는 우리 목사님이 한국말로 하셨지만, 나머지 순서는 캄보디아 말로 드리는 예배여서 조금은 힘들었다. 그래도 사회를 하는 전도사의 모습, 찬양 팀의 강력한 영성이 깃든 찬양, 예배를 끝내는 통성 기도에서 영적인 깊이가 느껴지는 예배였다. 특히 마지막 찬양은 우리도 잘 알고 있는 '생명 주께 있네, 능력 주께 있네, 소망 주께 있네, 주 안에 있네~'이었다. '생명, 능력' 하며 기도할 때 나는 서울에서 기도하듯이 두 손을 높이 들고 간절히 기도하였다.

주님, 이 손에 주님의 생명, 능력을 강력하게 부어 주셔서 오후에 진료할 때, 주님의 영광이 선포되게 하옵소서. 주일 날, 주님의 병 고침과 영혼의 구원까지 온전한 구원이 선포되는 시간이 되게 하옵소서.

일곱 살 정도 된 남자아이가 통증으로 몹시 고통스러워하면서 거의 기다시피 하며, 앉은뱅이가 걷는 것처럼 겨우겨우 발걸음을 떼면서 어머니와 함께 내게로 왔다.

별을 던지는 세브란스

"어디 아파요?"

"두 달 전에 나무에서 떨어졌어요. 병원에 가니까 괜찮다고 했
어요. 그런데 이렇게 등이 꼽추처럼 되었고, 오른쪽 가슴이 왼
쪽에 비해 많이 붓고 아파서 걷지를 못해요."

나는 등을 만져 보았다. 등뼈는 꼽추 등처럼 되어 있고 부러진 척
추로 인해, 등이 직각으로 구부러져 척추 뼈가 삐죽 튀어나와 있다.
오른쪽 가슴은 마치 풍선처럼 부풀어 있고 얼굴은 통증으로 일그러
져 있다. 언제 세수를 했는지 검은 얼굴에 때 국이 주르르 흐른다. 이
아이는 여기서 진단이나 치료가 불가능하며 종합병원으로 옮겨서
검사를 진행해야 한다고 생각하고서 2차 진료를 주선하려고 인적
사항을 적기 시작하였다. 그러나 그 순간 내 마음속에서 이 아이가
너무 불쌍하다는 생각이 들었다. 이내 인적사항을 쓰던 것을 멈추고
튀어나온 척추 부분에 손을 얹고 기도하기 시작하였다.

하나님! 주님께서는 말씀하셨습니다. 주님은 어제나 오늘이나
영원토록 동일하신 분(히 13:8)이시라고요. 그렇다면, 2천 년
전에 아픈 사람들에게 손을 얹어 모든 병을 고치신 예수님! 지
금 이 순간에도 이 아이를 고쳐주시옵소서. 이 불쌍한 아이! 아
파서 고통스러워하는 이 아이의 등을 고쳐주시옵소서. 이 아이

를 불쌍히 여겨 주시옵소서. 치료하여 주시옵소서. 주님께서 저에게 하나님의 영이 임하여 기름을 부으셨다고 얼마 전에 약속하시지 않으셨습니까. 제가 하는 것이 아니고 당신의 그 놀라운 능력이 지금 이 시간 제 손을 통하여 전달되어 이 아이의 등을 고쳐줌으로써 당신의 영광을 드러내시고 당신의 이름이 높임을 받으시기를 기도합니다. 이 기적을 통하여 이 아이가 주님을 믿고 구원에 이르며 같이 온 어머니, 그리고 이 기적을 체험하는 이 아이의 가족, 또 주위 사람들이 구원에 이르게 하옵소서. 당신의 영광이 선포되며 죄의 권능에 묶여 있는 이들에게 자유를 선포해 주시고 놓임을 간증하게 하옵소서. 그리하여 하나님 나라의 확장이 이루어지게 하옵소서. 이 교회가 부흥하는 역사를 보게 하옵소서. 이 기적을 보는 우리도 믿음이 더욱 더 강하여지게 하옵소서. 우리 모두에게 천국의 기쁨을 허락해주시옵소서. 주여 믿습니다. 도와주시옵소서!

나는 간절히 기도하였다. 이 아이가 얼마나 불쌍한지 체휼의 감정이 느껴지며 내 눈에서는 갑자기 눈물이 쏟아지기 시작했다. 나는 울면서 오른손으로 등을 계속해서 쓰다듬으며 기도하였다.

그때, 놀라운 일이 벌어지기 시작하였다. 거의 직각에 가깝도록

별을 던지는 세브란스

구부러진 척추 뼈가 점점 펴지는 것이 아닌가! 기도하던 나도 깜짝 놀랐다. 이런 일이 벌어지다니, 할렐루야!

옆에서 통역하다가 내 기도하는 모습을 지켜보던 캄보디아 학생이 놀라면서 말했다.

"Oh, Thank you, Jesus! Thank you, God!"

나도 덩달아 외쳤다.

"Praise the Lord! Praise the Lord!"

나는 계속해서 기도해야 하기에 목사님을 불렀다. 또한 이 기적이 나의 교만으로 이어지기를 원치 않았기 때문이었다. 합심 기도로서 치유되며 내가 아니라 주님이 직접 치유하신다는 것이 증거 되고, 모든 영광을 주님께 돌려드리기를 원했기 때문이다. 목사님에게 아이의 머리에 손을 얹고 치유를 위한 기도를 해달라고 하면서 옆에 있던 다른 장로를 불러서 아이의 가슴에 손을 얹고 기도하라고 했다. 나는 척추 뼈뿐만 아니라 부푼 오른쪽 가슴도 쓸어내리며 계속해서 기도하였다. 그러자 공처럼 부풀었던 가슴도 가라앉는 것을 느꼈다.

나는 이 아이에게 일어나라고 했다. 구부정하여 겨우 걸어오던 아이가 이제 똑바로 서는 것이 아닌가! 나는 계속해서 놀라움을 금할 수가 없었다. 두 손을 잡고 걸어보라며 천천히 당기면서 걸렸다. 그리고는 뒤로 걸으라고 밀면서 걸렸다. 아이는 똑바로, 그리고 통증이 없이 잘 걷는 것이 아닌가! 나는 계속해서 조용히 할렐루야를 되뇌고 있었다.

"아까는 걷는 게 어렵고 발도 똑바로 내딛지 못하고 걷더니, 이제는 똑바로 잘 걷네요."

옆에 있던 대원이 말했다. 정말 그랬다. 등이 펴지고 부풀었던 오른쪽 가슴도 가라앉고 이제는 똑바로 설 수 있으며, 걷는 것도 똑바로 걸을 수가 있게 되었다.

나는 아이를 다시 자리에 앉혔다. 이제 등은 거의 다 펴진 것 같았다. 아이에게 물었다.

"좀 어떠니? 아직도 아프니?"

"아니요, 이제 거의 아프지 않아요."

나는 아이와 아이의 어머니에게 복음을 전하기 시작했다. 예수님 이야기를 했다. 그리고 이 병은 내가 고친 것이 아니고 예수님이 고치셨음을 말해주었다. 아직 등이 완전하게 안 펴졌지만, 이것도 완전하게 고쳐주실 거라고 말했다. 그리고 그것을 위해 주일과 수요일에 교회에 출석해야 하며, 예배를 마치고 반드시 목사님에게 기도를 받고 가라고 했다. 목사님에게도 이 아이와 가족들을 영적으로 돌보아주시기를 신신당부하였다. 나를 포함해서 주위에 둘러섰던 목사

별을 던지는 세브란스

님, 우리 대원들, 그리고 통역자, 모두 놀라움과 기쁨으로 충만했다.

아이의 손을 잡고 돌아가는 어머니가 고맙다고 인사를 하였다. 그녀는 나를 바라보고 하얀 이를 드러내며 미소를 지었다. 그의 환한 미소는 마치 천사의 미소와 같았다. 지금도 그녀의 환한 미소가 잊히지 않는다.

서울에 와서 나는 궁금했다. 과연 그 가족이 교회에 나가고 있는지.

어느 날, 주일 저녁 목사님이 카톡으로 사진을 보내왔다. 똑바로 서 있는 아이의 전신사진과 어머니와 다정히 포즈를 취한 감동적인 사진이었다. 주일에 교회에 나와 예배 드리고 목사님의 안수 기도도 받고 돌아갔다는 것이다.

드디어 나는 하나님께 한 달 동안 드린 기도의 응답이라는 확신을 하고 감사기도를 드렸다. 한 영혼이 천하보다도 귀하다는데, 나는 두 영혼을 얻었으니 두 천하를 얻은 것일까? 하나님은 이 놀라운 사건을 통해 영광을 받으셨고, 그의 나라가 씨엠립에서 확장되고 있다. 그곳 교회는 부흥될 것이고 이 사건을 접한 우리 대원들의 믿음도 더욱 강해지는 것을 느꼈다. 우리 단기 의료선교의 목적이 이루어져서 감사했다. 세상에 있는 많은 사람 중에서 우리를 도구로 사용하여 당신의 나라를 확장해 나가시는 하나님께 진실로 감사드린다.

오직 하나님께 영광!(Soli Deo Gloria!)

마음씨 좋은
한국 할아버지 의사

★

소장 박진용

우리의 가슴에 울림을 주는 두 가지 의료선교 이야기를 소개하려고 한다. 하나는 몽골에서 7년 동안 의료선교 사역을 한 정형외과 의사 이야기이고, 다른 하나는 세브란스병원에서 마다가스카르 환자를 초청하여 치료한 이야기이다.

첫 번째로 소개할 분은 몽골에서 환아를 돌보는 정형외과 의사로 팔순을 바라보는 윤치순 선생님이다. 그는 수도권에서 오랫동안 병원을 경영하였고 환갑 즈음에 양쪽 눈의 백내장 수술을 받았다. 수

별을 던지는 세브란스

술을 받은 후 그는 이제 남은 생애는 남을 위해서 살아야겠다는 결심을 했다. 1999년 7월 단기 의료선교팀과 몽골을 일주일간 방문한 선생님은 아예 몽골에 가서 살기로 했다. 선생님은 같은 해 10월 연세의료원 의료선교센터의 파송을 받아 몽골의 연세친선병원 정형외과 의사로 근무를 시작하였다. 그리고 7년 동안 몽골에서 근무하였다. '마음씨 좋은 한국 할아버지 의사'라는 별명을 가지고 지극한 사랑으로 환자를 돌보았다.

의료장비가 열악한 몽골에서 '무엇'이 없어서 치료할 수 없다는 말은 윤치순 선생님에게는 허용되지 않는다. 목발이 없으면 몽골목수를 불러서 환자의 사이즈에 꼭 맞게 손수 고안한 수제 맞춤 목발을 만들어 준다. 삼각붕대가 없으면 헌 옷을 잘라서 삼각붕대를 손수 만들어 주기도 한다. 가난한 환자는 환자의 집을 직접 방문하여 차 한 잔을 나누며 환자와 가족들의 이야기를 듣고 함께 웃기도 하고, 손을 잡고 기도하며 위로한다.

몽골에는 동상 환자가 많다. 윤 선생님은 겨우내 세탁을 하지 않아 악취가 나는 옷과 신발을 신고 오는 동상환자를 마다하지 않는다. 그들을 병실에 앉혀놓고 세숫대야에 따뜻한 물을 받아서 발을 닦아주고 고름을 짜주고, 상처를 치료해주는 모습은 몽골판 세족식이다.

하루는 9세 정도의 어린 여자아이가 엄마를 따라 병원에 왔다. 그런데 이 아이가 걷는 모습이 윤치순 선생님의 눈에 띄었다. 한쪽 손을 주머니에 넣고 걷는 것이었다. 윤 선생님은 자세히 아이를 바라보다가 아이를 불러 손을 한번 보자고 하였다. 보니 손가락이 여섯 개인 다지증 환아였다. 윤 선생님은 이 아이의 손을 수술해주었고, 이 아이는 며칠 후 실밥을 제거하기 위하여 외래 진료실에 왔다. '마음씨 좋은 한국 할아버지 의사'는 아이의 실밥을 풀어준 후에 단순히 "수술도 잘 됐고 이제 모두 끝났으니 집에 가거라"라고 하지 않았다.

"이제 너는 걸어 다닐 때 씩씩하게 두 손을 저으면서 걸어라, 네 손을 더 이상 점퍼 주머니에 넣고 다닐 필요가 없다. 겨울에 벙어리장갑을 끼지 말고 손가락장갑을 끼도록 하여라."

그동안 이 아이는 손가락이 여섯 개라서 벙어리장갑을 끼고 다녔기 때문이다. "너 자라서 결혼할 때, 결혼식에서도 손을 감추지 말고 자랑스럽게 내보이고 입장해라"라고 말했다.

이 말을 듣는 아이와 부모의 눈에는 눈물이 글썽거렸으나 표정은 환히 밝아졌다. 그동안 아이는 다른 아이들에게 손가락질 당하고 놀림감이 되고 왕따를 당했을 것이다. 그때 아이가 느꼈던 열등감은 마음의 상처가 되고 고통으로 남았을 것이다. 그러나 오늘 이 한 마디, "걸어 다닐 때 두 손을 저으면서 걸어라"라는 말은 그간 겪었던 아이의 고통을 모두 씻어주는 듯하였다.

두 번째 이야기는 마다가스카르에서 온 환아 이야기이다.

2013년 8월 6일

마다가스카르에서 선천성 심장질환 환아가 서울에 왔다. 세브란스병원에서 수술을 받을 예정이다. 공항에서 병원으로 이동하는 차 안에서 만화영화를 보며 웃고 있는 아이의 모습이 천진난만하게 보였다.

2013년 8월 11일

"내 딸이 귀신이 들려서 그런 것일 겁니다."

성경에 나오는 구절이 아니고 지금 세브란스병원에 입원해있는 환아의 엄마가 한 말이다. 지난주에 치료를 받으러 한국에 온 마다가스카르 환아, 마리옹시는 5세 된 여아이고 선천성 심장질환(TOF)을 앓고 있었다. 네 가지의 심장기형이 있는 질병이다. 수술 전 검사 결과, 몇 가지 문제가 발견되었다. 이번 주에 수술 여부를 결정해야 하고 수술을 하게 되어도 과정과 예후가 안 좋을 가능성이 있다고 했다. 이 얘기를 들은 환아의 엄마가 한 말이다.

"귀신이 들려서 그렇다고요."

이곳에 있는 동안 육적인 질병만 치료를 받는 것이 아니라, 예수님을 만나게 되는 일이 일어나기를 기도했다.

2013년 8월 13일

한 후배는 하나님이 왜 고통을 허락하시는지 궁금하다고 하였다. 나는 그것도 궁금하지만, 고통당하는 분들이 마음에 평안과 기쁨을 갖게 되는 이유가 더 궁금하다고 한 적이 있다. 어제는 뇌암으로 남편과 어린 자식들을 남겨두고 먼저 하늘나라로 간 분의 모습을 어느 분이 메일로 보내왔다. 몸은 더 이상 야윌 수 없게 야위었으나 얼굴만은 광채가 날 정도로 아름다웠다. 웃는 모습이 어찌나 아름답고 명랑해 보이던지, 물 한 모금 넘기지 못할 정도로 고통스러웠다는데 어찌 그렇게 웃을 수 있는지 궁금했다. 세상에는 고통을 겪으면서도 하나님에 대한 믿음과 사랑으로 삶을 기쁨으로 받아들이는 신실한 사람이 있다.

2013년 9월 2일

4주 전에 한국에 수술받으러 온 마다가스카르 환아는 선천성 심장병(TOF)을 앓는 아이인데 5년 동안 치료를 안 했기 때문에, 수술

별을 던지는 세브란스

하기에 최적의 상태는 아니었다. 담당 선생님들의 각별한 수고로 3주 전에 수술을 받았지만, 왼쪽 폐가 거의 기능을 못 하고 있어서, 혈압과 산소포화도가 그동안 계속 불안정하였고 아직도 중환자실에 있다. 오늘은 드디어 체외 순환기를 달았다. 기능을 못 하고 있는 폐의 역할을 기계가 대신하고 있다. 하나님의 손길로 회복되도록 기도드렸다.

2013년 9월 3일

하루가 지나자 마다가스카르 환아의 상태는 좀 더 나빠진 것 같았다. 폐에 이어서 신장의 기능도 떨어져서 어젯밤부터는 인공 신장기를 이용해서 투석을 하고 있다. 그런데도 환아의 엄마는 오늘 다음과 같은 말을 했다.

"딸이 죽어도 저는 아무도 원망하지 않을 것입니다. 오히려 성심껏 치료해주시고 사랑을 베풀어 주신 의료진과 모든 분들께 감사를 드릴 겁니다. 한국에 와서 큰 사랑을 받았습니다."

자식이 모두 여섯 명인데, 그중 한 명은 말라리아로 7년 전에 죽었고, 이번에 한국에 온 딸은 막내라고 한다. 우리는 그 아이를 살려달라고 계속 기도를 드렸다.

2013년 9월 5일

마다가스카르 환아의 엄마와 마다가스카르 의사, 닐리나와 함께 무거운 마음으로 저녁을 먹으러 나갔다. 환아, 마리옹시의 상태는 좋아지지 않고 있었다. 최악의 경우를 대비할 수밖에 없는 상태였다.

식당에 가는 길에 이대 후문에 있는 빵집, 이화당에 들러서 먹고 싶은 만큼 얼마든지 집으라고 하였더니 어림잡아 3만 원 어치의 빵을 집었다. 그런데 이화당 사장님께서 돈을 안 받겠다고 하시며 "우리는 먹고 살만하잖아요. 그냥 가세요. 우리도 아이를 위해 기도할게요"라고 하셨다.

이화당 사장님이신 박 장로님 부부는 내가 의대 본과 1학년 때 (1979년) 이화당을 개업해서 아직도 같은 자리에서 영업을 하고 있다. 학생 시절 밤늦게 기숙사에 들어가는 길에 들르면 빵을 그저 주시곤 하였다. 우리가 몽골과 중국에서 사역할 때에도 우리를 위해서 늘 기도해주셨다. 변함없는 인자하신 모습이 늘 편안함을 준다.

어느 날 환아의 엄마와 닐리나가 생선이 먹고 싶다고 해서 생선구이 식당에서 맛있게 먹고 있는데, "선교사님" 하시며 조재국 목사님 (전 연세의료원 원목실장)이 들어 오셨다. 반갑게 인사하고 그들을 소개했다. 식사 후 우리가 먼저 일어서서 카운터로 갔는데, 이미 우리 식대를 목사님께서 지불하셨다. 나도 감사했지만, 마다가스카르 분들

별을 던지는 세브란스

이 무척 감사하며 기뻐했다.

오늘 저녁에 식사하러 나오면서 어떻게 이들을 위로해야 하나, 하고 걱정을 했는데, 하나님의 방법으로 이들의 마음은 위로가 된 것 같다.

2013년 9월 11일

마다가스카르 환아, 마리옹쉬가 입원해 있는 중환자실에서 근무하는 최수미 선생님이 다음과 같은 메시지와 사진을 보내왔다.

"없던 폐가 생기는 중이예요. ㅠㅠㅠ 감동. 속단하기는 이르지만 조금씩 좋아지네요."

"처음으로 좋은 소식 드릴 수 있어서 저도 기뻐요."

좋은 소식 전해준 우리의 우군, 최수미 선생님에게 감사드렸다. "바다에서 사람의 손만한 작은 구름이 일어나나이다"(왕상 18:44)라는 성경 구절이 떠오른다. 정말 바다 쪽에서 작은 손만한 구름 조각이 가슴으로 다가오는 것 같았다. 계속 기도해야겠다.

2013년 9월 15일

"예수님이 제 눈에 보이지를 않는데, 실제로 계시나요? 2,000년 전처럼 지금도 제 죄를 용서해주세요?"

아침 예배 때, 마리옹쉬 엄마가 던진 질문이다. 그 표정이 얼마나 순진(naive)하고 진지하던지요. 마리옹쉬 엄마는 오늘 예수님을 구주로 영접하였다. 할렐루야!

한 달 전에 자기 딸이 아픈 것은 귀신이 들려서 그렇다고 하였는데, 이제는 예수님의 사랑을 깨닫고 체험했다. 오늘따라 새빨간 옷을 입고 와서, 주님의 보혈을 더욱더 생각나게 한 예배였다. 오늘 예배 때는 4개 국어(몽골어, 러시아어, 말라가시어, 한국어)를 칠판에 써놓고 함께 찬양을 불렀다.

2013년 9월 20일

어제는 추석이라서 인사동에서 같이 모였다. 지난 일요일에 예수님을 영접한 마리옹쉬의 엄마가 오늘은 초록색 옷을 입고 나왔다. 그녀는 너무나 순진무구한 표정으로 물었다. "2,000년 전에 예수님이 한국에 다녀가셨어요?" 한국에 예수님을 믿고 기도하는 사람이 많다는 것을 알고 예수님이 2,000년 전에 한국에 다녀가셨을 것으로 추측하고 질문한 것 같다.

한국에 복음을 전하기 위해 목숨을 바친 선교사님들이 많았다고 이야기하자, 순진한 표정으로 놀라는 그녀의 모습은 정말 압권이었다.

별을 던지는 세브란스

진리를 깨우치게 해주시는 성령님이 마리옹쉬 엄마에게 임하신 모습이 정말 은혜로웠다. 마리옹쉬의 상태는 그리 좋아지고 있지 않았다. 계속 기도했다. 2013년 9월 26일, 마다가스카르 환아, 마리옹쉬가 주님의 품 안으로 먼저 떠났다. 고통도 질병도 없는 곳에서 환하게 웃고 있을 모습을 상상해본다. 엄마와 남아 있는 가족들에게 위로와 평안이 있기를 기도드린다.

2013년 9월 27일

마리옹쉬의 발인예배는 참으로 순결하고 은혜로운 시간이었다. 우리가 바라는 대로 마리옹쉬의 병이 낫지는 않았지만, 이를 통해서 주님의 함께하심과 사랑하심을 더욱 진하게 경험하게 되었다. 마리옹쉬의 엄마와 니리나 의사는 28일 출국하고, 마리옹쉬의 시신도 마다가스카르로 돌아갔다.

마리옹쉬 엄마는 마지막으로 다음과 같은 인사말을 하고 떠났다. "여러분이 지난 두 달 동안 베풀어주신 사랑은 잊을 수 없습니다. 우리 가족을 위해서 기도해 주십시오, 저도 여러분을 위해서 기도하겠습니다."

2013년 11월 21일

오늘 오전에 마다가스카르 보건부의 국장이 세브란스병원을 방문하였다. 그런데, 정말 뜻밖의 '감사장'을 가지고 왔다. 마리옹쉬를 잘 돌보아 준 것, 그리고 지금 세브란스병원에서 연수를 받고 있는 마다가스카르 의사에게 장학금을 준 것에 대한 마다가스카르 보건부 장관의 감사장이었다. 이를 전해주는 보건부 국장이 다음과 같은 말을 하였다.

"인간의 생명은 하나님의 손길에 달려있다고 믿습니다. 마리옹쉬에게 사랑을 베풀어 주신 세브란스병원의 모든 분들에게 감사의 인사를 드립니다. 한 아이에게 일어난 일이지만, 마다가스카르의 많은 사람들에게 감동을 주었습니다."

세브란스병원에 일 년에도 수많은 외국 환자와 의사들이 다녀간다. 그런데 깡촌의 가난한 어린아이 환자 한 명 때문에, 그것도 살아서 돌아간 것도 아니고 죽어서 돌아갔는데, 이런 상황에서 보건부 장관 명의로 된 '감사장'을 받은 것은 아마도 처음 있는 일인 것 같다.

기억도 못 하는 '지극히 작은 자 하나에게 해준' 일로 천국에서 상을 받는다면, 아마도 이런 기분일 것이라는 상상을 해보는 하루였다.

별을 던지는 세브란스

이 수술에
아기의 인생이 걸렸다

★

교수 정영수

　　내가 근무하고 있는 구강악안면외과는 턱과 얼굴 부위의 기형이나 사고, 종양 등의 질환을 수술로 치료하는 외과의 한 분야이다. 그중에서도 나는 구순구개열(언청이, 입술과 입천장갈림증), 주걱턱, 얼굴 비대칭 등의 기형 치료를 세부 전공으로 하고 있다. 특히 구순구개열은 엄마 뱃속에서 입술과 입천장의 형성 과정의 이상으로 발생하는 선천성 기형이다. 이 기형은 입술과 코의 형태 이상은 물론 치아의 결손을 동반하여 씹는 기능의 이상을 초래하고 아기가 자라면서 말을 배우는 데도 영향을 미친다. 아기 때 입술 수술부터 시작하여 성인이 될 때까지 여러 단계의 수술과 치료를 거쳐야 정상으로 회복될 수 있다.

구순구개열의 발생 원인은 아직 명확히 밝혀지지 않았다. 계속 연구 중이며 산모의 영양 상태, 나이 등을 원인으로 추측하고 있다. 한국에선 예전에 어렵게 살던 시기에 많이 발생했으나 요즘엔 발생률이 많이 줄었다. 현재 우리의 입술 수술은 전 세계적으로 인정받는다. 이 유명한 입술 수술법은 한국전쟁 직후에 파견된 미국 군의관이 대민 진료 봉사활동을 할 때, 한국 아기들을 수술해 주다 창안한 것이다. 그 당시 구순구개열 환자가 무척 많았음을 짐작할 수 있다. 아직도 필리핀, 미얀마, 인도, 베트남 등에선 전체 출산율도 높지만, 구순구개열 환자도 꾸준히 발생하고 있다. 특히 베트남은 고엽제 후유증의 대물림으로, 전쟁 당시의 세대를 넘어 생활수준이 향상된 지금도 구순구개열 환자 발생률이 높다.

나는 교직 발령을 받은 2004년부터 베트남 하노이에서 학회 진료 봉사 팀의 일원으로 구순구개열 수술을 해 오고 있다. 교수 초년 시절 의욕만 앞섰던 나는 다른 학교의 경험 많은 교수님들의 수술을 보며 정말 제대로 된 수술을 해야겠다고 다짐했다. 마침 학교에서 연수의 기회를 얻어 2008년부터 1년 반을 미국에 가서 부족한 부분

별을 던지는 세브란스

을 공부하게 되었다. 내가 간 곳은 하버드의대 보스턴 어린이병원이었다. 그곳에는 구순구개열 수술 분야에서 당시 세계 최고의 외과의사이며 학자로 인정받고 있던 멀리켄(Mulliken) 교수님이 계셔서 그에게서 수술법을 배우고 임상연구를 하였다.

항상 수술의 원칙을 강조하시는 교수님은 인품도 훌륭하시어 주위에 있는 의사, 학생, 직원들에게서 존경을 받았고, 특히 환자와 보호자들로부터 칭송을 듣는 외과 의사였다. 입술 양쪽이 모두 갈라진 환자의 경우, 수술은 그 자체로도 난이도가 높고 고도의 정교함을 필요로 하는데 고령에도 불구하고 무려 아홉 시간 이상을 서서 수술하고, 절개선 하나하나, 바느질 한 땀 한 땀에 언제나 혼신의 힘을 기울였다. 그 전에 내가 보았던 비슷한 경우의 수술에서 다른 외과 의사들은 서너 시간 정도 앉아서 하는 경우가 대부분이었다. "이 수술은 여기까지가 한계야"라며 수술을 끝내곤 하였는데, 이 분은 자신이 정립한 원칙에 맞도록 모든 기교를 동원하여 그의 장인정신을 발휘하였다. 한참 바느질을 하다가도 선이 마음에 들지 않으면 이전에 한 것들을 다 풀고 마음에 들 때까지 다시 하였고, 마지막 드레싱까지 꼼꼼히 직접 하였다. 무엇보다 수술 시작 전 "오늘은 이 아기에게 가장 중요한 날이다. 나의 이 수술에 아기의 인생이 걸렸다"라고 하면서 메스로 성호를 긋고 수술을 시작하는 모습은 성스러울 정도였다.

2009년 가을, 한국에 돌아온 후 바로 그해 11월에 학회 진료봉사단의 실무 책임자가 되어 하노이를 찾았다. 이때부터 멀리켄 교수님에게서 배운 수술법을 본격적으로 시행하였다. 나도 시간에 구애받지 않고 정말 정성껏 내 혼신의 힘을 다 하여 수술하였다. 이를 본 다른 학교 교수들은 물론 베트남 의사들에게도 인정받을 만한 결과를 보여주었다. 무엇보다 환자의 엄마, 아빠가 기뻐하는 것에 큰 보람을 느꼈다. 이후로 지금까지 미국에 가 있던 2008년을 제외하고 매년 가을이면 학회 진료단의 일원으로 하노이에 가서 수술을 하였다. 2004년부터 2015년까지 12년 동안 우리 팀에서 약 400명의 구순구개열 환자를 수술한 실적을 갖게 되었다. 매년 가을에 가기 때문에 이전에 수술한 환자가 자라서 다시 찾아오는 경우도 많아, 우리가 한 수술 결과를 관찰하기도 하고 그때그때 필요한 수술을 추가로 해 주면서, 우리는 아이가 외모적으로나 기능적으로 정상화 될 수 있도록 도와주고 있다.

우리가 하노이를 갈 때면 늘 통역을 맡아주는 베트남인 통선생이 있다. 이 분이 한국어를 배운 과정은 특이하다. 통선생은 베트남전이 한창이던 때 고등학교에 다니다가 북베트남(월맹)의 국비 유학생으로 선발되어 당시 국력이 강한 북한으로 5년간 유학을 가서 한국어를 배우게 되었다고 한다. 잘 알려지다시피 북베트남의 지도자는 호치민으로 아직도 베트남 국부로 추앙받는 사람이다. 그는 전쟁 중에도 학생을 선발하여 유학을 보냈다고 한다. 아무리 전쟁 중이라도 나라의 인재들이 선진화된 학문을 배워오게 하여 훗날 나라를 이끌게 해야 한다는 것이었다.

통선생은 북베트남 고등학교 졸업반에서 시험으로 선발된 200명의 동기생과 함께 하노이에서 출발하여 일주일 동안 기차를 타고 북한에 들어갔다고 한다. 도착 후 처음 1년간은 한국어를 공부하고 시험을 거쳐 김일성대학에 입학하였다. 4년을 수학하고 졸업 후에 베트남으로 돌아와서 농업진흥청에서 일할 때 북한에서 배워 온 유전학을 바탕으로 종자 개량 업무를 20년간 이행했다고 한다. 마침 그가 퇴직했을 때 베트남이 경제를 개방하고 한국과도 국교를 맺게 되어, 하노이로 사업하러 온 한국 사업가의 통역을 맡게 되었다. 그 사업가를 수행하면서 성실함과 실력을 인정받아 서울 본사에서도 2년을 근무하였다. 이를 계기로 통선생의 아들은 고려대학교 대학원에서 석사학위를 받고 지금은 하노이의 한국계 회사에서 근무하고 있다.

통선생과 함께 일을 해 보면 그가 정말 꼼꼼하고 정직하고 조용한 분이라는 것을 알 수 있다. 한 번은 하노이 병원 직원을 초청한 식당에서 바가지를 씌우자 그렇게 얌전하던 분이 주인과 목소리를 높여 싸우고서 우리에게 미안하다고 하였다. 한국 의사들은 여기 와서 무료로 아픈 아이들을 치료해 주는데 나쁜 사람들이 이런 대접을 한다고. 그분은 항상 검소하다. 베트남의 경제 개방 후, 한국인 업무를 도와주면서 돈도 많이 모아 현지에선 부족함 없이 살면서도 늘 검소한 옷차림에 오토바이를 타고 다닌다. 요즘은 베트남에 한류 바람이 불어 노인정에서 한국말을 가르치며 소일하다가 우리 진료단이 가면 고령에도 불구하고 언제나 열심히 통역해 준다.

2011년부터는 일본 구개열재단의 초청으로 베트남 중부 지방인 꽝남성 땀끼시에서 일본팀과 협동으로 구순구개열 수술을 하고 있다. 이곳은 하노이와 달리 시골에 있는 병원으로 모든 여건이 낙후된 곳이라 진료단 멤버들도 고생을 많이 한다. 수술 중 점심도 한국과 일본에서 가져간 덮밥으로 때우면서 일해야 하고, 수술실 복도가 바로 외부로 통해 있어 낮엔 기온이 35도가 넘는다. 심지어 수술 중에 벌레가 날아다니는 경우도 있다.

그래도 이곳은 2001년부터 일본팀에서 계속 봉사활동을 한 곳이라 이전에 수술 받은 후, 자라고 있는 환자들이 계속 찾아온다. 우리는 그들을 진찰하고 필요한 경우 추가 수술을 해 주고 있다. 올해로 벌써 6년이 되었고 일본팀 의사들과도 아주 친한 사이가 되어 한국

별을 던지는 세브란스

과 일본을 서로 방문하기도 한다.

땀끼 수술팀의 중심에는 올해 75세인 야마모토 선생이 있다. 이분은 나고야 인근의 도요하시라는 소도시의 시립병원 구강악안면외과 과장으로 은퇴하신 분인데 현직에 있을 때 땀끼에서 진료봉사를 시작하였다. 땀끼에서 진료봉사를 하게 된 것은 야마모토 선생이 젊었을 때 베트남 남부 지방으로 수술 봉사를 다니다 베트남인 일본어 통역인 기아 씨를 만나게 된 것이 계기가 되었다. 베트남 명문 사이공대학을 나온 기아 씨의 성실함과 총명함을 알아챈 야마모토 선생은 기아 씨를 일본에 데려가 일본어를 더 공부하게 하고 조개껍질로 단추를 만드는 기술을 배우게 하여 베트남으로 돌아가게 했다. 호치민(옛 사이공)시에 돌아간 기아 씨는 단추 공장을 만들어 대성공을 하였고, 야마모토 선생에게 자기 고향인 땀끼에서 제대로 수술받지 못하는 환자들을 도와달라고 하여 이 진료를 시작하게 되었다.

공산 국가라 이런 종류의 사업을 시작할 때 지방 당 인민위원회의 허가가 필수적인데 기아 씨의 고향 친구들이 모두 나서서 이 사업이 시작되도록 도왔고, 지금까지도 우리 진료 팀의 모든 편의(숙소, 식당 등)를 제공해 주고 있다. 야마모토 선생은 이 진료가 시작되자 그 당시 너무도 열악했던 병원의 환경을 개선하고자 무진 노력을 하였다. 나고야 지방 로터리 클럽을 설득하여 일본에서 중고로 나온 수술대와 수술등(light), 마취기계, 치과진료 의자 등을 구입하여 땀끼 병원에 컨테이너로 보냈고, 구급차 차량도 두 대(한 대는 토요타차, 한 대는 현대차)를 기증하였다.

기아 씨와 함께 일본어 통역을 맡은 탕 씨는 일본에서 4년간 대학원에서 공부할 때 기아 씨를 통해 야마모토 선생을 알게 되었고, 그의 추천으로 나고야 지방 로터리 클럽으로부터 장학금을 받아 학업을 마칠 수 있었다고 한다. 탕 씨도 호치민시로 돌아와 도시바 베트남 지사에서 열심히 일하며 세 아이의 아빠로서 행복한 가정을 꾸리고 있다. 우리 진료팀이 땀끼에 올 때는 회사에 일주일 휴가를 내고서 우리 일을 도와준다.

어디를 봐도 마음씨 좋고 순박한 시골 영감님 같은 야마모토 선생이 오랫동안 어떠한 대가도 바라지 않고 베트남 사람들과 그곳 병원을 조용히 돕는 모습을 보면서 나도 저런 삶을 살아야겠다고 다짐했다. 이렇듯 서로를 존중하고 배려하는 일본인들과 베트남인들의 우정을 보며 나도 그 속으로 함께 빨려 들어가는 것 같아 뿌듯함을 느꼈다.

오랫동안 봉사활동을 하다 보니 여기저기에서 와달라는 요청을 받게 되었다. 2015년에는 연세치의학과 100주년을 기념하여 두 곳을 추가로 다녀왔다. 봄에는 꽝남 중앙병원에, 가을에는 다낭모자병

별을 던지는 세브란스

원에 갔다. 꽝남 중앙병원에서는 한국국제협력단의 요청과 도움으로 연세대 구강악안면외과 과원들로만 팀을 꾸려 1주일간 수술을 하였다. 그리고 다낭모자병원과 연세대학교 산부인과, 소아과는 '베트남 의사 교육 양해각서'를 쓰고, 구순구개열 진료봉사에 대한 협정을 체결하였다. 그러나 수술은 역시 연세대 구강악안면외과 팀이 했다. 올해 봄에도 다낭모자병원에 가서 일주일 동안 수술을 하고 왔고, 앞으로도 계속할 예정이다.

이 글을 쓰는 시점에서 돌이켜 보면, 그동안 하노이에서 열두 번, 땀끼에서 여섯 번, 다낭에서 두 번, 꽝남중앙병원에서 한 번, 빈중에서 한 번, 캄보디아 프놈펜에서 두 번, 총 스물네 번의 구순구개열 수술 봉사를 했다. 한 번 가면 일주일 정도 수술을 하였다. 올 10월에도 하노이에서 수술을 하게 되어 있다. 앞서 얘기한 통역들과의 우정도 갈수록 깊어져 가까운 시일에 한국에 초대해야겠다는 생각이 든다.

베트남에 가면 무더운 날씨와 연일 계속하는 수술로 어깨도 아프고 목도 쑤신다. 그렇지만 우리 팀이 와서 수술해 주기를 간절히 기다리는 환자를 생각하면, 수술 후 환해진 환자의 엄마와 아빠의 얼굴이 떠오르면, 다시 힘을 내어 수술 봉사를 하러 가게 된다. 나는 한국에서 수술할 때와 똑같은 마음으로, 앞으로도 '이 수술에 아기의 인생이 걸렸다'라는 신중한 마음으로 계속 수술할 것이다.

별을 던지는 세브란스

에쎌 치과의료
단기선교 24년을 감사하며

교수 백형선

에쎌은 1971년 2학기에 만들어진 치과대학 기독교 동아리다. 수요일에는 성경공부를 하고, 방학과 주말을 이용하여 서울 근교의 소외된 지역과 농촌에서 전도를 목적으로 봉사와 진료를 하여 왔다. 1993년부터 여름방학 기간에는 해외 치과의료선교를 하고 있다.

1990년을 전후로 한국 농어촌의 상황은 이전과 달라졌다. 경제가 발달함에 따라 농어촌 주민들의 생활수준이 향상되었고, 보건소의 수도 증가하였다. 특별한 지역을 제외하고 대부분의 보건소에는 의사와 치과의사가 상주하고 있어 농어촌 주민들이 의료혜택을 쉽게 받을 수 있게 되었다. 그러므로 학생 중심의 무의촌 진료가 인기가 없어지게 되었다. 반면 세계의 지구촌화, 국제화로 인한 외국과의 왕래가 자유로워지면서 우리의 관심은 제3세계를 비롯한 해외로 넓혀지게 되었다.

132년 전, 우리나라에 서양 의술과 함께 예수 그리스도를 전한 선교사들의 빚을 작은 힘이나마 갚아야 한다는 마음을 갖고 기도하였다. 마침내 1993년 여름방학에 일반 선교팀 8명과 함께 에쎌 치과 진료팀 8명(백형선 교수 1, 수련의 1, 학생 6)이 필리핀에 가서 복음전파와 함께 치과진료를 하기로 결정하였다. 드디어 에쎌의 해외 치과진료 선교가 시작된 것이다.

먼저 해외 치과진료를 위하여 필수적인 치과엔진, 다양한 기구, 장비, 치과 재료, 액상 약품과 비상약, 소독된 거즈 등을 준비하였다. 진료를 위한 약품은 항생제, 소염진통제, 소화제가 기본이고, 회충약과 종합 비타민도 준비하였다. 당시만 해도 치과엔진의 부피가 커서 이동하기가 불편하였다. 충치 치료는 아말감 충전을 주로 하였고, 스케일링과 발치를 위한 기구들도 준비하였다. 치과진료를 위한 다양한 기구들과 바(치아를 삭제하는 데 사용)들을 점검하여 정리하고

별을 던지는 세브란스

부족한 치과 재료들도 구입하였다. 도시 빈민들을 위한 사역은 마닐라 인근 지역에서 하게 되지만, 다음 사역지인 딸락 지역은 화산 폭발로 인한 이재민들이 거주하는 곳이라 식사 공급이 어려울 것 같아 의정부에서 미군 전투식량인 씨레이션을 구입하였고 라면도 준비하였다.

당시에 마닐라 시는 자동차로 인한 매연과 공해가 심하였다. 경제 사정도 안 좋아 시내에서 달리고 있는 자동차들 중에는 한국에서 수입한 중고차가 많은 것이 흥미로웠다. 마닐라 시 외곽으로 빈민가들이 있었는데 그중 파타산 지역의 교회에서 치과진료와 함께 이틀간 전도를 하였다. 전체적으로 구강 상태가 나빴으며, 결손치가 있는 젊은이들도 많았다. 충치 치료는 아말감 충전을 했고, 심한 충치나 치근만 남아 있는 치아들은 발치를 하였다. 성인의 경우, 발치할 때는 그 전에 혈압 측정과 혈당 검사를 했다. 준비해 온 종합 비타민과 구충제는 모든 환자들에게 복용하게 하였다. 이틀 동안 치과진료 인원은 153명이었다.

다음 사역지는 마닐라에서 네 시간 거리인 산속 마을이었다. 우리는 찌프니라는 자동차 두 대에 장비와 짐을 지붕 위에까지 싣고 비포장 길을 달렸다. 미국 선교사들이 40년 전에 세웠다는 신학교에서 잠시 머물러 현지 사정에 대한 설명을 듣고, 화산 폭발로 재해를 입은 이재민들이 사는 딸락 지역에 도착하였다. 이곳의 아이타스 종족은 마닐라에서 보았던 필리핀인의 모습과 전혀 달랐다. 흑인처럼 얼굴색이 검었고 머리도 심한 곱슬머리였다. 입고 있는 옷들은 외국에서 기증받은 것들인 것 같았고, 맨발인 사람들도 꽤 있었다.

나무 십자가가 있는 교회와 바로 옆 작은 학교 건물에서 전도 집회와 진료를 시작하였다. 그곳에는 전기가 없어서 마닐라에서 발전기를 빌려다가 전기를 발전한 후에 치과 진료와 저녁 집회를 할 수 있었다. 학교 건물에서 치과치료는 물론이고 다리에 상처가 난 환자도 치료해 주었다. 이곳 현지인들은 따갈로어가 아닌 빵빵가어를 사용하였다. 진료를 위한 통역은 대학 출신인 젊고 똑똑한 이곳 학교의 선생님이자 여자 목사님이 담당하였다.

설명에 의하면, 신학교에서 현지인 다섯 명을 마닐라 대학에 유학 보냈는데, 네 사람은 대학 졸업 후에 다른 곳으로 가 버렸고 이 분만 다시 고향으로 와서 교사와 목사로 헌신하고 있다고 한다. 결혼할 나이가 되었지만 여자 목사님을 데리고 갈 능력 있는 신랑이 없어서 걱정이라는 말을 듣고 안타까웠다. 첫날 진료 후, 서울에서 준비한 전투식량(C Ration)으로 저녁 식사를 하려고 하는 데, 학교 건물의 창밖에서 어린이들이 눈을 동그랗게 뜨고 우리를 지켜보고 있었다. 어린이들이 보는 앞에서 우리만 저녁 식사를 할 수 없었다. 우리는 준

별을 던지는 세브란스

비한 전투식량(C Ration)을 현지 어린이들에게 모두 나누어 주고 기쁜 마음으로 첫날 저녁은 금식하였다. 치과 장비 등, 짐을 지키기 위해 대원들 중 두 명은 학교에 남고, 나머지 대원들은 신학교에서 내어준 방에서 멍석을 깔고 잠을 잤다. 저녁 식사도 못 하고 피곤한 몸이었지만, 우리는 감사와 기쁨으로 하루의 일정을 마감했다.

다음 날, 우리는 첫날보다 더 많은 환자를 진료했다. 셋째 날, 진료를 하는 도중에 현지인과 선교사님께서 비가 많이 올 것 같아 오전 중으로 산에서 내려가지 않으면 자동차 길이 없어질 것 같다고 하여 진료를 종료하고 짐을 싸서 급히 산에서 내려왔다. 이틀 동안 89명의 환자를 진료하였다. 산을 거의 내려올 즈음에 먼 하늘에 뜬 무지개를 보았다. 황홀할 만큼 아름다웠다. 우리의 첫 해외 치과진료가 힘들고 어려웠지만 무사히 마치게 된 것을 기뻐하며 감사의 기도를 하나님께 드렸다. 도심으로 나오면서 마침 길가에 맥도날드 햄버거 레스토랑이 보여 오랜만에 모든 대원들이 맛있는 식사를 하였다. 그동안 야외 화장실(?)에서 큰 어려움을 겪었던 대원들은 화장실 사용도 아주 기쁘게 하였다. 우리가 다녀왔던 지역은 후에, 안타깝게도 화산 폭발로 없어졌다고 들었다.

필리핀 사역의 경험을 토대로 1994년에는 에쎌 출신 전문인 선교사, 김중원 선생(현재 워싱턴 온 누리 교회 목사)과 사랑의 교회 선교부의 도움으로 중국 연변에 사는 조선족과 과기대의 선교사들과 그들의 가족 및 교직원들의 치과진료를 하였다. 그때 우리는 꿈에 그리던 백두산에 올라 천지에 발을 담가 보았다. 물은 짜릿하게 느낄 정도로 찼고, 주변에 핀 야생화는 참으로 아름다웠다.

1995년에는 동 말레이시아 보르네오 섬 사라왁 정글의 이반족들을 만나기 위하여 작은 배를 타고 4-6시간 좁은 강을 올라갔다. 그곳에서 우리는 그들이 사는 롱 하우스(long house)에서 같이 지내며 치과진료는 물론 전도 집회도 하였다. 1996년에는 러시아 하바롭스크의 고려인들과 러시아인들을 진료했다. 1997년에는 우즈베키스탄의 안그렌이라는 뜨거운 지역에서 고려인들과 우즈베크인들을 진료했다. 1998년 7월에는 인도 캘커타의 도시 빈민과 챤드라코나에서 힌두의 영에 사로잡힌 영혼들을 구하기 위하여 기도하고, 하나님이 주신 은사로 인도의 현지인들을 진료했다. 1999년에는 카스피해 옆에 위치한 아제르바이잔의 난민들을 진료하였다.

2000년에는 크메르정권에 의해서 학살이 자행되었던 캄보디아 콤퐁참의 현지인들을 진료하였고, 치과 진료를 받는다는 것은 상상도 못했던 나환자촌에서 어린이들을 치료하였다. 2001년에는 키르키즈스탄 뷔쉬켁에 있는 사랑의 교회 선교센터인 FOK와 농촌에서 그곳 주민들을 진료하였고, 2002년에는 태국 치앙마이 근처의 라후

별을 던지는 세브란스

산지 족들을 진료했다. 2003년에는 20시간의 비행으로 남아프리카 공화국의 러스텐버그 광산촌의 빈민들을, 2004년에는 미얀마 양곤 근처의 농촌 지역 농민들을 진료하였다. 2005년에는 공산국가인 라오스 비엔티엔 근교 군립병원에서 2006년에는 인도네시아 웅아란 지역에서 아침마다 잠을 깨우는 모슬렘 성전에서 울리는 시끄러운 스피커 소리를 들으며 1,000명이 넘는 환자들을 진료했다. 2007년에는 중국 하얼빈의 ㅁㅂ 중학교와 인근 농촌지역에서 그곳 주민들을 진료했다. 2008년에는 피지의 비전 칼라지와 난디 근교 초등학교에서 원주민들을 진료했고, 2009년에는 네팔 히말라야의 웅장함이 보이는 포카라 시에서 2010년에는 필리핀 마닐라 남쪽 안티폴로 시에서 주민들을 진료하였다.

2011년에는 인구 2만 명인 팔라우 섬에서, 2012년에는 말레이시아 보르네오 섬 사바지역에서, 2013년에는 캄보디아 시아누크빌에서, 2014년에는 베트남 빈증성에서, 2015년에는 인도의 눈물이라고 불리는 스리랑카의 마하뜨러에서 그리고 2016년에는 월남전 당시에 한국군 병원이 있었던 베트남의 붕따오에서 치과진료를 통하여 예수님의 사랑을 전하였다.

아랫글은 2012년 보르네오 섬 사바지역의 치과진료를 마치고 우리 팀이 귀국한 후에 현지 책임자가 E-mail로 보낸 감사의 편지(영어 번역본)이다.

친애하는 교수님,

우리는 지난주 초, 복지이사회를 소집하고 의료선교 캠프에 관
한 논의를 하였습니다. 그 결과는 James Chhoa 박사가 곧 서
면으로 보고할 것입니다.

본 이사회는 사바(Sabah)지역의 천 명에 이르는 사람들에게
의료 혜택을 주신 백 교수님과 의료선교팀 모두에게 진심으로
감사의 말씀을 드립니다. 여러분의 봉사활동이 없었다면 그들
은 치과치료의 꿈도 꿀 수 없었을 것입니다. 그들과 본 이사회
는 여러분의 의료봉사활동을 허락하신 하나님을 찬양하며, 의
료선교팀 모두에게 하나님의 축복이 있기를 기도합니다.

우리는 팀원들의 헌신과 훈련된 모습에 감탄했습니다. 그중에
서도 단순한 의료봉사가 아니라 주님의 사업을 수행한다는 면
에서 더욱 감동했습니다. 여러분의 방문은 이곳에 깊은 감동을
남겼습니다. 팀의 모든 사람에게 감사의 인사를 전합니다.

이곳의 많은 교회는 내부적 문제와 사소한 일들을 해결하는 일
에 매달려 있습니다. 그것은 교회가 해야 할 일의 초점을 잃었
기 때문이라는 생각이 듭니다. 아마도 여러분은 나의 말에 동의

별을 던지는 세브란스

할 것입니다. 우리는 여러분의 예배를 통찰함으로써 새로운 경험을 하게 되었습니다. 감사합니다.

위대한 마하트마 간디는 "나에게 기독교인을 보여주면 내가 기독교인이 되겠다"라고 말하였습니다. 여러분들의 봉사활동에서 우리는 진정으로 일하는 기독교인을 보았습니다.

하나님의 축복이 있기를!

성공회 사바지역 교구의 복지이사회 의장

Datuk Dr Ranjit Mathew

해외선교 경비는 자비량이다. 대학생들도 초창기에는 50-60만 원 정도를 부담하였으나 거리가 먼 지역은 80-100만 원까지 부담하였다. 2010년 이후에는 유류할증으로 인하여 회비의 부담이 더 커졌다. 단, 치과 재료, 약품 및 기구, 장비 구입 등과 같은 경비는 초창기부터 치과대학 특우회(에쎌모임 졸업생들 모임)의 헌금과 이화여자대학 다락방전도협회의 보조금과 사랑의 교회 후원금(초창기)과 연세의료원 의료선교센터의 보조금(후반기)과 가족과 친지들의 헌금으로 충당되고 있다.

단기 선교를 겸한 해외 치과진료팀은 다소 차이가 있지만 초창기에는 나를 포함하여 에쎌모임 활동을 하다 졸업한 2-5명의 개업의

와 수련의, 그리고 치과대학과 간호대 학생들로 총 15-20명으로 구성되었다. 그러나 시간이 지나면서 참여 대원이 늘어나 2006년, 인도네시아 사역부터는 개업한 졸업생들의 적극적인 참여로 30명이 넘었으며, 진료한 환자의 수도 1,000명이 넘는 수준으로 발전하였다. 2015년 이후에는 의사 자녀들의 참여가 많아져 대원들이 40명에 달하고 있다. 학생 시절 해외 치과선교팀에 참가하였던 회원은 졸업한 후에도 가능한 참석하려는 열의가 있으며, 참석 못 하는 경우에는 헌금이나 치과 재료 등 필요한 것을 후원하는 아름다운 모습을 매년 보여준다.

또한 연세대학교 치과대학의 후원과 각 대원의 소속 교회의 기도가 큰 힘이 되는 것은 말할 나위가 없다. 연세의료원의 선교센터에서도 2004년부터 진료에 필요한 항생제를 비롯하여 비타민 등, 약품 후원을 해주었고, 3년 전부터는 100만 원 내에서 도움을 주고 있다.

치과진료에 필요한 각종 장비와 기구, 재료, 약품 등, 최근에는 900kg이나 되는 무거운 짐들을 싸고, 나르고, 진료를 위하여 장비를 설치하고, 다음 진료지로 이동하기 위해 다시 짐을 싸고, 나르고, 장비를 설치하는 고된 일을 한다. 그뿐 아니라 열악한 환경과 무더위 속에서 진료를 하는 일도 결코 쉬운 일이 아니다. 온몸이 땀에 젖

별을 던지는 세브란스

고 탈수로 입이 마르고 두통과 땀띠로 고생하는 힘든 상황에서도 한 사람이라도 더 진료하려고 밤늦게까지 서로 격려하며 일을 한다. 봉사대원들이 최선을 다하는 모습도 아름답지만, 그 어려운 환경 속에서도 한 사람의 영혼이라도 더 구원하기 위해 애쓰는 현지 선교사님들의 모습은 더욱 성스러워 보였다. 그를 보며 우리 대원들은 매년 새로운 도전과 용기를 얻으며, 하나님의 은혜를 체감하고 있다.

젊은 시절, 선교지를 방문하여 봉사하는 것은 우리 모두, 특히 젊은이들에게 새로운 도전을 할 수 있는 용기를 주고, 선교 현장의 사정을 체험함으로써 예수를 모르는 사람들이 얼마나 많은지, 섬겨야 할 환자들이 얼마나 많은지를 알 수 있는 소중한 경험이 된다. 이는 후에 선교사로 헌신할 때 큰 도움이 될 것이고, 선교사로 헌신하지 않는다 해도 선교사들을 후원하고, 그들을 위해 기도하는 선교의 역할을 하는 데 도움이 될 것이다.

학창 시절에 해외 치과의료선교에 참여하였다. 그 후 수련을 마치고 군에서 근무하던 김 박사로부터 받은 E-mail 일부를 아래와 같이 소개한다.

선생님, 주변의 의사들과 치과의사들이랑 얘기해 봐도 제가 참여하였고 선생님께서 계속하시는 해외진료가 얼마나 가치 있는 일인지 모릅니다. 다들 부러워합니다. 그들이 부러워하는 이유는 젊은 날 그런 곳을 볼 수 있었다는 것과 어려운 사람을 도울 수 있었다는 것, 그리고 하나의 목표로 동참하는 사람들의 맨 파워 등입니다. 선생님께서 그 자리를 지키시고 중심점이 되어주시니 하나님께 감사드립니다. 앞으로도 개업한 졸업생들이 대거 참여할 수 있는 그런 모임이었으면 좋겠습니다. 저도 열심히 참여하겠습니다. 형편 닿는 대로 지금 제가 할 수 있는 일을 생각하다가 첫째는 기도라 생각하고 열심히 기도하기로 했습니다. 그 다음으로 부족하나마 제가 있는 형편에서 조금이나마 보탬이 될 수 있을까 해서 지금 진료 준비하는 계좌에 약소한 헌금을 했습니다. 앞으로는 더 많은 도움이 될 수 있도록 열심히 살겠습니다.

나는 이 진솔한 메일을 받고 대단히 기뻤고 하나님께 큰 감사를 드렸다.

치과진료는 엔진장비와 다양한 치료를 위한 많은 종류의 기구들이 필요하다. 봉사를 위해서 1974년부터 모은 장비와 기구들은 기회가 되는 대로 졸업생들이 기증하였고, 그 후에도 경비가 되는 대로 보강을 하였지만, 장비와 치과 기구는 오래 쓰면 날이 무디어져

새것으로 교환하여야 한다. 보다 성능이 뛰어나고 이동에 간편한 최신의 이동형 치과 엔진을 구입하여 더 많은 환자들을 빠른 시간에 치료하고 싶다는 소망을 갖고 기도하던 중, 1999년 에쎌 졸업생인 박상호(현 개업의)가 나에게 와서 "참석은 못 하지만, 치과의료선교에 도움을 드리고 싶은데 무엇이 필요합니까?"라고 물었다. 나는 주저하지 않고 현재 쓰고 있는 치과진료 엔진과 장비가 무겁고 구식이므로, 이동하기 편하고 가벼운 치과엔진유니트 장비가 필요하지만 미국에서 제작된 것이 1만 불이 넘는다고 대답하였다. 얼마 후 박상호 졸업생은 천만 원을 가져왔다. 이것이 계기가 되어 많은 에쎌 졸업생들이 50만 원씩 헌금해서 이동이 쉽고 편리하고 성능이 좋은 포터블(portable) 치과 엔진을 2대 준비하게 되었다.

2000년에는 내가 회원으로 있는 대한치과교정학회 학술대회의 만찬 자리에서 같은 테이블에 있었던 미국의 유명한 치과기자재회사인 Hu-Friedy의 국제 마케팅 부장(international marketing manager)과 이야기를 나눌 기회가 있었다. 그에게 여름방학마다 학생들과 함께 열악한 나라로 선교를 위한 치과 봉사활동(Dental service)을 간다는 이야기를 하였더니 자기 회사에서 도와줄 수 있다고 하며, 2001년에 약 천 만원에 상당하는 기구들을 기증했다. 벌써 15년 전의 일이지만 정말 감사한 일이었다. 내가 치과대학병원장이었던 2009년에는 연세대학교 치과대학 의료선교회에 있던 기금으로 포터블 치과엔진 한대를 신흥에서 구입하고, 한대는 기증을 받았다. 우리 에쎌뿐 아니라 치과대학의 각 동아리에서도 이동하기 쉽고 편한 치과장비를 사용할 수 있게 되었다. 2012년에는 임문우 원장이 그동안의 사역에 함께하신 하나님께 감사한 마음으로 치과의료선교를 위해 천만 원을 헌금하여 부족한 장비와 기구들을 새롭게 장만하였다. 최근 우리 봉사팀은 국내 치과업체들의 도움과 치과대학에서 기증받은 것과 치과대학에서 빌린 이동식 치과엔진 총 6-7대 정도를 해외 진료에서 사용하고 있다. 장비들과 재료도 과거의 초창기와 비교하면 대단히 발전하였다. 특히 올루스에서 기증 받은 디지털 엑스레이(digital x-ray)와 에쎌 졸업생이 빌려주는 센서를 현지에 갖고 가서 신경치료까지 거의 완벽하게 하고 있다.

해마다 해외진료 선교를 위한 사역지의 선정과 기획, 일정 등 모든 면에서 하나님의 섬세한 도우심을 느낀다. 예산도 만만치 않은데 귀한 분들을 통하여 채워주신다. 임문우 원장을 비롯한 에쎌 출신 개업의들의 헌신과 참여가 돋보인다. 1993년에는 학생으로 참여하였던 구분진, 우상엽 등이 이제는 개업의 원장으로 적극적으로 참여한다. 시간이 갈수록 참여하고자 하는 졸업생들도 증가하고 있다. 24년 동안 사역지의 세관통과 등에서 어떤 어려움도 없게 하시고,

별을 던지는 세브란스

재정적으로도 부족함이 없이 채워주시는 것은 우리의 사역이 하나님께서 기뻐하시는 일이란 확신을 하게 한다. 사역지가 정해지면 매월 기도회 모임을 갖고, 학생들 학기말 시험이 끝나면 아침마다 기도회 모임을 갖고 본격적인 사역 준비를 한다.

의사는 있지만 국소마취제가 없어 치과진료를 못하는 구 러시아권을 보고 하나님 없는 나라의 결과를 경험하였다. 또한, 먼 이국땅에서 의료혜택을 받지 못한 우리 조선족과 고려인들을 보면서 안타까움과 한 민족의 정을 느꼈으며, 열악한 경제 환경으로 진료의 혜택을 받지 못한 도시 빈민과 보르네오 섬 정글 속의 이반족과 인도인들의 안타까움도 피부로 느낄 수 있었다. 남아프리카 공화국과 아제르바이잔, 피지 같은 먼 나라와 동남아시아의 각 나라의 문화와 풍습, 언어 및 생활양식을 이해하며 그들과 함께 생활했다. 처음 보는 음식과 맛있는 각종 과일을 맛보며, 백두산의 천지와 팔라우공화국의 아름다운 바다와 웅장한 히말라야산맥 등, 하나님께서 창조하신 다양한 자연의 신비로움과 아름다움을 직접 보면서 '하나님께서 다음 선교지는 어디로 인도하실까?'라는 기대와 두근거리는 마음으로 다음 사역지를 기다린다.

1974년부터 시작한 주말진료와 동·하계 농어촌의 진료활동과 1993년에 시작한 해외 치과의료사역, 이 모든 사역을 질그릇같이 연약하고 부족한 우리를 통하여 일하시는 하나님께 영광을 돌리며 감사한다. 예수 그리스도께서 다시 오실 그 날을 위하여, 장기 또는 단기 의료전문인 선교사로 헌신하려는 젊은이들에게 비전과 꿈을 주기 위하여 그들을 훈련시키고 있다. 남한은 물론 북한 동포와 10/40 window에 속한 많은 미전도 지역에 살고 있는 종족의 복음화를 위하여, 복음의 서진(西進)을 위하여, 기존 선교사들이 들어갈 수 없고, 할 수도 없는 의료전문사역의 창조적 접근으로써 자비량하는 선교사로서의 역할을 감당하기 위하여, 하나님께서 원하시는 방법으로 쓰임 받고자 오늘도 사역지를 위해 간절히 기도한다.

별을 던지는 세브란스

합력해서 선을 이루시는
하나님

★

교수 이민걸

의료 선교의 목적으로 캄보디아와 우즈베키스탄에서 환아를 초청하여 세브란스병원에서 수술했으나 두 환아 모두 살지 못하고 하나님 곁으로 간 이야기이다.

캄보디아에서 온 환아는 7-8세 되는 남아로 얼굴에 난 혹 때문에 세브란스병원에 오게 되었다. 온누리교회 캄보디아 선교팀에서 수술을 부탁했던 환아였다. 뇌 조직을 막고 있는 막에 구멍이 생겨서 뇌 조직이 얼굴 부위로 밀려 내려와 코 옆에 큰 종양처럼 솟아 나와 있었다. 솟아 나온 뇌 조직을 머리로 밀어 넣고 구멍이 생긴 막을 막는, 뇌를 건드리는 수술을 해야 하므로 생명이 위험할 수 있었다. 그래서 입원 전에 캄보디아 선교팀에 먼저 보험을 들어달라고 부탁했다.

그러나 온누리교회 캄보디아 선교팀에서 수술 전 보험을 들기 위해 여러 곳을 찾아다녔으나 위험성이 높은 수술이라 보험 들 곳을 찾지 못했다. 그러면 수술의 위험성에 대하여 환자의 아버지께 자세히 설명해 달라고 부탁하고서 수술을 하기 위해 병원에 입원시켰다. 환아가 입원한 후 온누리교회 캄보디아 선교팀에서 환아와 아버지를 극진히 보살폈다. 환아도 처음 병원에 왔을 때는 긴장한 표정이 역력했지만, 입원해서 검사하는 중에는 복도를 뛰어다니며 즐겁게 시간을 보내고 있었다.

수술은 8시간 이상의 긴 수술이었지만 잘 끝났다. 환아는 수술 후 중환자실로 옮겼을 때 잠깐 깨어나기도 했다. 그래서 우리는 환아가 빨리 회복되기만을 기다렸으나 그 후 다시 깨어나지 않았다. 얼굴에 튀어나온 혹은 완전히 제거되었지만, 환아는 깨어나지 않았다. 온누리교회에서는 이 환아의 회복을 위해 대예배 시간에 함께 기도하는 시간도 가졌다. 나도 기도했다. "하나님! 이 아이는 데려가시면 안 됩니다. 주님을 믿지 않는 캄보디아에 하나님을 전하기 위해 우리 병원까지 데려와 치료하는 아이인데, 꼭 수술이 성공해서 살아 돌아가야 합니다"라고. 그러나 아이는 결국 깨어나지 못했다.

나는 정말 막막했다. 시신이 영안실로 옮겨 갔다는 이야기를 들었지만, 그 아버지를 만나면 얼굴을 쳐다보지 못할 것 같아, 차마 영안실로 발걸음이 떨어지지 않았다. 도대체 왜 이런 일이 일어났을까? 도저히 이해할 수 없었다. 그러나 용기를 내어 영안실로 내려갔다. 그곳에서 나는 놀라운 소식을 들었다. 그 아이의 아버지가 세례를 받았다는 것이다. 사랑하던 아들은 죽었지만, 친절하게 대해 주던 의료진과 캄보디아 선교팀에 대한 고마운 마음으로 세례를 받았다고 한다. 그리고 아들의 얼굴에 혹이 완전히 제거된 모습을 보고 아버지는 매우 기뻐했다고 한다.

캄보디아 선교팀에서 아들의 사망 소식을 엄마에게 알리기 위해 캄보디아로 갔다. 그런데 환아의 어머니를 찾을 수가 없었다. 환아의 어머니는, 아버지가 환아와 함께 한국에 온 사이에 도망을 가 버렸다. 아버지와 사이가 좋지 않았기 때문이라고 했다. 수소문 끝에 환아의 어머니를 찾은 선교팀은 어머니에게 환아가 수술 중에 사망한 슬픈 소식을 전했다. 그리고 남편이 세례를 받았고, 세례 후 사람이 바뀌었음을 알려 주었다. 그 후 그 가정은 다시 결합하기로 약속하였다고 한다.

온누리교회의 캄보디아 선교팀에서는 홈페이지를 운영하고 있었는데, 그곳에 한국에 초청한 캄보디아 어린이의 수술 경과를 알리고 있었다. 캄보디아 어린이의 사망 후, 이 홈페이지에는 비난 기사가 실리기 시작했다. "하나님이 계신다면 왜 이렇게 캄보디아 어린이가 사망하느냐?"라는 기사들이었다. 이 홈페이지를 본 한국의 어떤 여자 분이 캄보디아 선교팀 간사에게 연락해서 만나게 되었다고 한다. 이 분도 "하나님이 정말 계시다면 이 어린이가 사망할 수 있느냐?"라고 비난했다고 한다. 그녀와 이야기를 나누는 중, 간사분 마음에 이분에게 복음을 전해야겠다는 마음이 들어 복음을 전했는데 뜻밖에도 그녀가 복음을 받아들였다. 그리고 그날 저녁 그녀에게서 다시 전화가 왔다.

그녀의 남편은 변호사인데 아이는 자폐아였다. 그날 저녁 자폐아를 대하는 부인의 태도가 완전히 달라진 것을 보고, 남편은 "오늘 당신한테 무슨 일이 있었어?"라고 물었다. 부인은 나름대로 자폐아에게 잘한다고 했지만, 마음에서 우러나오는 사랑으로 자폐아를 대하지 못하였다. 그런데 그날 밤, 아이를 대하는 부인의 태도가 갑자기 사랑이 가득한 모습으로 변한 것을 보고 남편이 놀라서 무슨 일이 있었는지 물어본 것이다. 부인은 선교팀 간사에게 '주님을 영접하면 (복음을 받아들이면) 나의 삶에 변화가 올 것'이라고 말씀하셨는데, 이런

별을 던지는 세브란스

것이 그 변화냐고 묻기 위해 전화를 했던 것이다.

캄보디아 환아의 사망을 통해서 구원의 역사가 나타났다. 절대로 죽으면 안 될 것 같은 어린이의 사망으로 인해, 살려 달라고 기도하던 모든 사람들이 "하나님이 왜 이러시느냐?"라고 외치며 낙담했는데, 오히려 그 아버지가 세례를 받고, 어머니와 화해하여 화목한 가정으로 회복되었다. 그뿐 아니라, 전혀 상관없어 보이는 한국의 한 가정에도 구원의 역사가 일어난 것이다.

두 번째는 우즈베키스탄에서 온 환아의 이야기이다.

당시 우즈베키스탄에 선교사로 있던 안신기 교수로부터 연락이 왔다. 다리에 종양이 있는 학생이 있는데 한국에서 수술을 받도록 도와 달라는 부탁이었다. 17세 남자 자수르이다. 환아의 수술비용을 위해 안신기 교수가 먼저 자신의 선교헌금 중 500만 원을 헌금하겠다고 했다. 자신의 것을 먼저 드리겠다는 안신기 교수의 헌신적인 말을 듣고, 선교센터는 좀 더 적극적으로 환아를 돕기 위해 움직였다. 기독교 방송을 통해 모금이 진행되었고, 부족한 부분은 세브란스병원에서 부담하기로 하고 환아를 초청하였다. 세브란스병원에서 병명은 골육종으로 확인이 되었고, 빠른 수술이 필요한 상태라 바로 절단 수술을 했다.

자수르는 다리 절단 수술로 종양이 제거된 후 점점 호전되어 가는 중에 종양이 폐에 전이되었음을 발견하게 되었다. 항암치료가 필요한 상태였다. 그러나 종양학과에서, 항암치료를 시작해도 앞으로 몇 개월간 입원과 퇴원을 반복하다가 사망할 가능성이 높다고 하여 그는 우즈베키스탄으로 돌아가기로 결정했다.

후원팀은 절단한 자수르의 한쪽 다리에 의족을 만들어 주었다. 그는 양복을 맞추어 입고 깨끗한 모습으로 귀국했다. 자수르의 치료를 위해 자수르를 한국에 보낸 우즈베키스탄 교회는 열심히 기도하고 있었다. 하나님이 자수르를 기적적으로 낫게 해 주실 것을 믿고 기도했다. 자수르가 사는 마을은 우즈베키스탄의 전통적인 이슬람 마을이었다. 자수르가 귀국한 후, 현지 선교사들이 열성적으로 그 마을을 방문하여 수술 후 상처를 치료하는 동안 기도했다. 자수르는 죽으면 안 된다고, 여기 이 마을 사람들을 생각해서라도 살아나야 한다고 열심히 기도했다. 그러나 우즈베키스탄으로 귀국한 1-2주 후에 자수르는 사망하였다.

모두 이슬람을 믿는 마을에서 기독교를 믿어 박해받던 자수르 집안이, 자수르의 병이 나아서 보란 듯이 이슬람 마을 사람들에게 보여주어야 하는데 오히려 자수르는 사망하고 말았다. 기도하던 우즈베키스탄 교회에서는 왜 자수르가 죽어야 했는지를 이해하지 못했

별을 던지는 세브란스

다. 그러나 자수르 사망 후 놀라운 일이 그 마을에 벌어졌다. 자수르 사망 후 일부 마을 사람들은 죽은 자수르를 마을 공동묘지에 절대로 묻을 수 없다고 하면서 마을 공동묘지 사용을 반대했다. 그러나 그 마을 촌장이 마을 공동묘지를 사용하지 못하게 했던 사람들을 막으면서 마을 공동묘지에 묻게 허락했다. 자수르는 사망했지만, 주위 선교사들이 성심성의껏 치료하고, 한국까지 가서 열심히 치료받게 해 주었다는 것을 마을 사람들이 더 좋게 생각하여 자수르 가족과 기독교에 대한 마을 사람들 대다수의 태도가 달라졌기 때문이다. 그리고 자수르의 형은 후에 신학을 공부하기로 결정하였다고 한다.

두 사건 모두에서 왜 두 환아가 죽어야 했는지? 그 당시에는 이해할 수 없었다. 당시 나를 포함한 많은 사람들의 생각으로는 죽으면 안 되는 환아들이었으나 죽고 말았다. 그러나 시간이 지나면서 우리가 깨닫지 못했던 하나님의 인도하심과 그분의 역사하심을 깨달을 수 있었다.

우리가 알거니와 하나님을 사랑하는 자 곧 그의 뜻대로 부르심을 입은 자들에게는 모든 것이 합력하여 선을 이루느니라(로마서 8장 27절).

합력하여 선을 이루시는 주님이심을 우리가 다시 한 번 깨닫게된 사건이었다.

별을 던지는 세브란스

몽골의
천사들

★

의사 윤항진

우리가 아무리 고상하고 큰일을 할지라도, 사랑이 없으면 아무
것도 아니요, 하나님의 귀에 거슬리는 소음에 불과하다. 〈고린
도전서 13장〉

아침에 병원 복도에서 수잔(Suzanne)을 만났다. 항
상 그랬듯이 올망졸망한 한 무리의 어린아이들에게 둘러싸여 있었
다. 대부분의 어린아이들은 부석부석한 얼굴에 머리에는 까치집이

지어져 있었다.

수잔은 아담한 체격에 얼굴에는 항상 상냥한 미소를 띠고 있는 처녀로 조국은 독일이란다. 유럽의 각지에서 온 몇 명의 동료들과 이곳 몽골의 고아원에서 자원봉사를 하고 있는 천사들 중의 한 명이다. 오늘 아침에는 여러 명의 고아들을 데리고 치과 진료를 받으러 병원에 왔다. 서너 살쯤 되어 보이는 두 명의 사내아이가 칭얼거리며 그녀의 몸에 감긴다. 최근에 고아원에 새로 들어온 아이들이라고 한다.

그들이 거주하는 고아원은 약 3년 전에 새로 지은 건물이다. 울란바타르 시의 동북 쪽, 빈민가에 위치하고 있다. 겉보기와는 달리 그들이 지내는 내부 주거 환경은 지저분하기가 이를 데 없다. 약 30명의 어린아이들을 적은 수의 관리인이 보살피고 있기 때문에 그들의 손이 미치지 못하는 곳이 많은 모양이다.

내가 고아원을 찾았을 때, 그곳 어디에서도 정돈된 곳이라고는 찾아볼 수 없었다. 깔끔하게 정돈하는 것을 좋아하는 나는 아무리 둘러보아도 어디서부터 정돈을 시작해야 할지 엄두가 나지 않았다. 설사 내가 청할 수 있는 다른 자원 봉사자들의 도움을 얻어서 어느 한 구석을 정리한다고 해도, 그 정돈 된 상태는 몇 시간도 지속될 것 같지 않았다.

별을 던지는 세브란스

나의 전공이 전염병 예방의학이 아니라 하더라도, 구석구석은 불결해 보이고 날아다니는 병균이 눈에 보일 것 같았다. 그 집은, 그 안에 살고 있는 사람들의 건강을 유지하기에 '안전하지 못하다'라고 표현한다면 그 말 자체가 사치스런 표현인 듯하다. 정말로 사람 살기에는 위생상 위험해 보이는 곳이었다. 그렇지만 유럽 선진국에서 온 그녀들은 먼지 구덩이 속에서 불쌍한 어린이들과 함께 비비며 살고 있다는 것을 그녀들의 외모에서 금방 느낄 수 있었다. 청결하지 못하고 전혀 정돈이 안 된 내부일지언정 가끔씩 찾아오는 외래 방문객을 안내하며 고아원에 관한 설명을 하는 그녀들의 얼굴에는 부끄러움이나 숨기려는 기색이 전혀 없다.

나는 병원이 한가한 오후 시간에 가끔 그곳에 들렀다. 단기 의료 선교팀이 놓고 간 여분의 가정상비약이 있을 때면 챙겨다 주었다. 때때로 간단한 외상, 피부 염증이 있는 어린아이의 피부를 소독하고, 항생제 연고를 바른 후에 밴드(band aid)를 붙여 주었다. 이들 어린아이들에게 밴드를 붙여 주면 그들은 장군 계급장이라도 붙인 듯이 좋아한다. 어른들의 사랑의 손길에 굶주린 아이들이기에 나의 손길을 놓치지 않으려는 듯, 주위에 몰려서 떠나지를 않는다. 때로는 나의 관심을 끌려고 서툰 곡예를 하기도 한다. 이 세상에서 가장 힘 없고, 불결한 환경적 위험에 노출된 아이들이다. 그리고 사랑에 굶

주린 고아들이다.

　그녀들은 멀리 고국을 떠나와서 이곳의 고아들을 보살피고, 친구가 되어 주고 섬기는 천사들이다. 세상의 눈으로 본다면 그녀들의 선택은 전혀 현명해 보이지 않을 수도 있다. 오히려 바보들처럼 보일지도 모른다. 하지만 아직 하나님의 말씀이 충분히 전해지지 않은 곳, 세상의 눈으로 보아도 미개하고, 불결한 곳에서 불쌍한 고아들의 친구가 되어주고, 그들을 위해 일하는 것이 큰 보람과 기쁨으로 느껴진다고 그녀들은 고백한다. 나에게는 그녀들의 고백이 이제껏 들어 온 유명한 부흥사들의 열변보다도 감명적이었다.

　고아원에서 숙소로 돌아올 때 나는 늘 걸어서 온다. 걷기에 무리가 없는 거리이며 대부분이 내리막길이기 때문이다. 걸으면서 나는 내가 몹시 작게 느껴졌다. 고국에서 불편 없이 살던 그녀들이 그 불결하고 열악한 환경 속에서 불쌍한 어린 생명들을 위해 사랑으로 봉사하는 모습이 몹시 커 보이는 순간이었다.

　걸음을 멈추고 하늘을 바라본다. 어두운 밤, 하늘에는 유난히 별이 반짝인다. 한참 동안 별을 바라보고 있는데 반짝이는 별빛 속에 그녀들의 맑은 눈빛이 겹쳐 보인다.

　그녀들은 천사들이다!

　　　　　　　　　　　　　별을 던지는 세브란스

그리스도인의
특권

★

교수 김문규

네가 네 감람나무를 떤 후에 그 가지를 다시 살피지 말고 그 남은 것은 객과 고아와 과부를 위하여 남겨두며……. 네가 네 포도원의 포도를 딴 후에 그 남은 것을 다시 따지 말고 객과 고아와 과부를 위하여 남겨두라(신명기 24장 20-21절).

전쟁이 치고 지나간 자리에 남는 것은 아픔이요 상처이다. 반만년 역사 속에서 매 5년꼴로 난리를 겪은 우리 민족이야말로 세계 어느 민족보다 많은 난리를 경험했고, 마지막 있었던 위기를 잘 극복하고 놀라운 발전을 이루어냈다. 물론 외부의 원조도 큰 몫을 했다. 왜 한반도에는 그리도 많은 전쟁이 있었을까? 해양세력과 대륙세력이 교차하는 교두보에 위치하기 때문이라는 설명이 있다. 그런데 한술 더 떠서 지금까지도 전쟁 중인 지역이 있다. 중동 지역, 세 개의 대륙이 교차하고 석유가 매장되어 있으며, 아랍과 유대인의 갈등까지⋯⋯. 매일 듣는 뉴스 중에서 중동 관련된 내용은 평화로운 것이 별로 없다. 그런데 흥미롭게도 그 한복판에 위치한 나라, 요르단은 그 와중에도 평화를 유지하고 있다. 주변 나라에서 난리가 나면 난민들이 들어왔다가 돌아가기를 반복하고 있다. 20세기에 들어서도 팔레스타인 난민, 레바논 난민, 이라크 난민, 리비아 난민, 예멘 난민, 그리고 최근에는 시리아 난민의 유입이 지속되고 있다.

제1차 세계대전 후 요르단의 국경이 정해졌을 때, 그 땅에만 석유가 없는 줄은 몰랐다. 후에 요르단에만 석유가 매장되지 않은 것을 알고 그들은 슬퍼했다지만, 역설적으로 산유국이 아니기에 지금도 평화를 누리고 있는 것 같다. 요르단에 살면서 언어를 배우고 이라크 난민들을 진료하고 있을 때 도움을 청하는 전화를 한 통 받았다. 수도에서 남쪽으로 30분 거리에 고아원이 있는데 그 아이들의 건강

상태를 돌보아달라는 부탁이었다. 한 달에 한 번씩 진료를 위해 방문하게 되었다. 6세부터 18세까지의 남자아이들만 사는 고아원으로 기억한다. 중동에서는 부모 중 한 사람만 사망해도 고아라고 부른다. 하지만 다른 일가친척이 데려가 양육하기 때문에 고아원에 보내는 일은 거의 없다. 그래서 고아원에 와 있는 아이들은 친척에게도 버림받은 절박한 사정이 있는 경우이다.

한국에 '빽'이 있다면 중국에는 '꽌시'가 있고 아랍에는 '와쓰따'가 있다. 태어나서 죽을 때까지 와쓰따 없이는 직장도 가질 수 없고 결혼할 수도 없고 사막 한가운데 오아시스도 없이 홀로 놓인 꼴이다. 18세까지는 고아원에서 먹고 살 수 있지만 18세가 되어 고아원을 나가는 순간, 아무도 챙겨주지 않는 홀로서기를 해야 한다는 사실을 아이들은 스스로 잘 알고 있다.

처음 몇 번 그곳을 방문했을 때에는 잘 깨닫지 못했는데, 이내 알게 된 사실은 야뇨증이 있는 아이가 많다는 것이다. 수용 인원 중 나이와 상관없이 거의 70%의 아이가 밤에 실수하고 아침마다 자기 요를 빠느라 난리라고 한다. 상상해 보라, 고등학생이 아침에 자신이 실수한 요를 빨고 있는 모습을. 야단도 쳐보고, 벌도 주어 보았지만 아무 소용이 없어 고아원 측에서도 포기한 상태였다. 으레 고아들은 다 인생의 패배자이기 때문에 그런가 보다고 여기고 있었다.

그 당시 나에게는 야뇨증약이 없었다. 한국에 급히 연락했더니 감사하게도 선린병원에서 공수해주었다. 야뇨증약을 나누어준 바로 다음 날 아침, 놀라운 일이 벌어졌다. 2~3명을 제외한 나머지 아이들이 모두 마른 요 위에서 잠이 깬 것이다. 자존감이 낮은 아이들이 야뇨증이 잘 생기고, 그것을 놀리거나 야단치면 자존감이 더 낮아져 계속 실수하게 된다. 그런데 약을 먹고 자는 동안 실수하지 않게 되면 자존감이 높아지고 점차 약을 먹을 필요가 없어지게 된다. 매달 약을 받아가는 아이들 수가 점점 줄어서 나중에는 몇 명만 빼고 모두가 야뇨증이 없어졌다. 아이들의 표정도 달라졌다. 앞으로 이들이 겪어야 할 많은 어려움이 있겠지만, 작은 한 부분이라도 해결되어서 하나님께 감사했다. 이 글을 통해 선린병원에 다시 한 번 감사를 표하고 싶다.

난민은 성경에서 말하는 현대판 '나그네'이다. 당시 진료했던 이라크 난민 진료소는 시내 빈민가에 위치한 난민교회였다. 요르단 소아과 의사가 1991년경에 시작했고, 미국인 의사가 이어받아 운영하다가 내가 이어받아 타국 땅에서 '객'이 되어버린 분들을 섬기게 되었다. 난민도 여러 부류가 있어 빈부의 차이가 심했다. 준비된 의약품이 도움이 되는 경우도 있으나 아무것도 해줄 수 없어 안타까울 때가 많았다. 이라크에서 막 탈출한 신혼부부가 새로 방문하였는데 아

별을 던지는 세브란스

이가 생기지 않아서 많은 돈을 들여 병원에 다니면서 호르몬 치료를 받고 있었지만 계속 실패했던 모양이다. 진료소를 방문한 부부는 임신할 수 있도록 주사약을 달라고 하였다. 1차 진료만 하는 나로서는 줄 수 있는 약이 없었고 이미 전문가에게 다녀도 해결되지 않는 상황임을 알았다. 우리가 함께 기도해 주겠다고 하였더니 이내 동의하였다. 함께한 모든 사람들이 손을 얹고 간절한 마음으로 기도하였고 그 부부에게도 간절함이 전달되었다.

무슬림들은 그리스도인들과 함께 기도하는 것에 대해 반감이 그다지 많지 않은 것 같다. 이후 이 부부를 다시 만나지 못하고 나는 2008년도에 귀국하였다. 6개월이 지나서 다시 단기 봉사팀과 함께 같은 교회를 방문해서 진료를 하고 있었다. 그때 그 부부가 우연히 왔다가 나를 알아보고 인사하는 것이었다. 나는 이미 얼굴을 잊은지라 알아보지 못했는데 남편의 말이 나를 놀라게 하였다. "당신들이 그때 기도해 주어서 현재 임신 중입니다. 감사합니다"라고 한다. 나도 감사하다고 하며 손을 맞잡았다. 그리고 다시 순산을 위해 기도했다.

그러나 기도의 응답이 있을 때만 하나님이 존재하는 것은 아니다. 하나님께서 모든 기도를 다 들어주시는 것도 아니다. 또 기도를 했어도 응답이 된 것인지 아닌지 확인할 수 없는 경우도 많다. 그런데 하나님께서는 그 부부로 하여금 그리스도인들의 기도의 응답으로 임신이 된 것으로 믿게 하셨고, 때마침 그 부부로 하여금 의료팀이 방문했을 때 진료소에 와서 나를 만나 간증(?)하게 하셨다.

사실, 3년 동안 난민들을 돌보면서 눈앞에서 기적이 일어나는 경우는 별로 없었다. 하나님은 내가 좀 서운해할까 봐 이 부부를 보내 주신 것이 아닌가 싶기도 했다. 지금 어떻게 살고 있을까? 반기문 유엔 사무총장의 노력으로 대부분의 이라크 난민은 제3국으로 이주하였다. 이 부부가 사는 나라에서 잘 적응하며 살길 소원하며, 태어난 새 생명으로 인해 늘 주님께 감사하면 좋겠다. 그리고 그리스도인들을 통해 주님의 '와쓰따'를 체험한 것을 고이 간직하고 누렸으면 좋겠다.

성경 말씀에는 객과 고아와 과부에 대해 참 많이 언급된다. 한국이 그런 처지에 있을 때 끊임없는 도움의 손길이 이 땅에 미쳤듯이, 이제는 그 바통을 이어 내 주변 이웃과 북한과 멀리 열방까지 사랑의 손길을 보내야 할 때다. 이것이 그리스도인들이 주님의 자녀로서 누릴 특권이라고 믿는다.

아름다운 사랑의 손을
선물하다

★

교수 최홍식

2000년도부터 시작된 강남세브란스병원의 이웃사랑 실천과 선교기금 모금운동은, 처음에는 '북방선교기금'이라는 명목으로 소수의 교직원이 참여하였다. 기금을 마련하여 연변지역 탈북자와 조선족 환자들에 대한 의료지원 사업으로 시작했다. 그후 2008년에 '1% 나눔 선교봉사위원회'가 병원 정식 기구로 발족했다. 교직원의 75~80%가 1% 나눔 선교봉사 기금 후원자로 등록하고 활발하게 의료선교와 어려움에 처해 있는 환우들을 돌보기 시작했다. 이 활동은 '한국기아대책기구'라는 NGO와 협력하여 활동하는 것이 보다 효율적이어서 한국기아대책기구 산하의 '생명지기(Saving Life)'라는 단체와 함께 지금까지 여러 의료적 도움을 주는 공동 사업을 펼쳐 왔다. 그 사업 중에서 가장 기억에 남는 한 사례를 소개하고자 한다. 사고로 두 손을 잃은 몽골의 처녀가 한국에서 새로운 두 손을 얻게 된 사연이다.

사춘기에 부모를 잃고 언니, 오빠와 함께 살던 노민줄 양은 2011년 1월 방학을 맞아 고향으로 내려가던 중이었다. 갑자기 타고 가던 차 문이 열려 길로 떨어졌는데, 그 차바퀴가 그녀의 다리 위로 지나갔다. 다리를 다친 그녀는 언덕 아래로 굴러떨어졌다. 옆에 친구가 있었지만 혼자서는 어쩔 수 없어서 도움을 청하러 간 사이 그녀는 추위에 떨다가 정신을 잃었다. 시간이 많이 흐른 뒤에야 그녀는 병원으로 옮겨졌다. 병원에서 눈을 떴을 때 그녀는 깜짝 놀랐다. 다리에는 철심이 박혀 있었고 동상이 걸린 두 팔은 절단되어 사라져 버렸다.

깊은 실의에 빠져있던 그녀에게 희망이 보이기 시작한 것은 몽골 방송에 그 사연이 소개되면서부터였다. 방송에서 노민줄 양의 사연을 알게 된 간디 보건노동부 장관이 울란바토르대학교 최기호 총장

별을 던지는 세브란스

에게 도움을 요청했는데 그 일이 당시 강남세브란스병원 '1% 나눔 선교봉사위원회' 위원장이었던 나에게 연락이 되었다. 우리 위원회에서는 회의를 통하여 이 안타까운 문제를 돕기로 결정하였다. 기아대책기구 '생명지기'에서도 선뜻 입출국과 체재와 관련된 도움을 주기로 했고, 몽골 울란바토르대학에서는 항공료를 후원하기로 했다. 그리고 모든 치료 경비는 1% 나눔 기금으로 돕기로 결정했다. 그래서 노민줄 양은 2012년 2월 29일 입국하게 되었다.

강남세브란스병원은 직원들이 자발적으로 나서서 모은 1% 나눔 기금으로 의수 제작비용을 지원하고, 세브란스 재활병원이 재활치료비를 후원하며 오른쪽 반자동기능 의수, 왼쪽 미용 의수, 양손에 끼울 수 있는 후크 기능 의수 등 모두 4개의 의수를 만들었다. 신촌 재활병원의 재활팀은 정말 정성을 다하여 이 어려움에 처한 몽골 처녀를 극진히 돌보아 주었으며, '생명지기'의 간사와 강남세브란스병원 봉사자들이 치료 과정과 체류 중 통역과 돌봄의 봉사를 하였다. 성경에 나오는 '강도당한 사람을 돌보았던 선한 사마리아인'이 바로 우리 세브란스인들이었다.

새로운 두 손을 얻게 된 노민줄 양은 한 달가량 재활치료를 통해 의수 사용법을 익혔으며 2012년 3월 27일 몽골로 돌아갔다. 한국에 오기 전에는 물 한잔 스스로 마실 수 없었으며 식사를 할 때마다 남의 도움이 필요했었다. 그런 그녀가 귀국한 후에는 다른 사람의 도움 없이도 일상생활을 할 수 있게 되었다. 본인도 정말 기뻐했고 우리도 뿌듯한 감격을 맛보았다.

당시 신지철 세브란스재활병원장은 "의수는 3년마다 교체가 필요해 의수 교체비용 후원이 필요하다"라며 "다시 용기를 얻어 세상을 향해 한 걸음을 내딛는 그녀의 손을 잡아 달라"고 당부의 말을 했다. 그녀가 떠날 때 강남세브란스병원에서는 환송회와 푸짐한 선물을 했다.

후에 전해 들은 이야기이지만, 노민줄 양이 몽골 국제공항에 도착했을 때, 몽골 국영 TV에서 실황 중계를 할 정도로 크게 뉴스화됐다고 한다.

당시 '생명지기' 간사였던 분과는 지금도 연락을 취하고 있다. 그녀는 그 후에 울란바토르대학에 입학하여 공부를 잘 마치고, 지금은 결혼하여 아이를 낳아서 잘 기르고 있다. 그리고 세브란스병원과 한국 기아대책기구와 한국 사람 모두에게 늘 감사한 마음으로 살아가고 있다고 한다.

별을 던지는 세브란스

캄보디아에서의
안식

★

교수 이근우

따딱 따딱…….

아직도 밖은 캄캄한데 시끄러운 소리에 놀라서 새벽잠에서 깨어
났다. 기숙사 방의 커튼을 열고 병원 마당을 보니 많은 사람들이 뛰
어들어오는 모습이 어둠 속 불빛 사이로 보인다. 슬리퍼가 시멘트
바닥과 부딪히는 소리가 그렇게 요란하게 들렸던 것이다. 이렇듯 나
의 안식년 캄보디아 헤브론병원에서의 첫날 일과가 시작되었다.

새벽 일찍 병원 문밖에서 기다리고 있다가 5시에 문이 열리면 진

료 번호표를 받기 위해 먼저 들어오려고 뛰어오는 소리라는 것을 나는 나중에 알게 되었다. 의료시설이 충분치 않은 이곳에서 하루에 200여 명에게 무료로 진료해 주는 혜택을 받기 위해서다. 이 환자들이 새벽 5시에 번호표를 받기 위해 심지어는 몇 시간을 걸어서, 자전거로, 오토바이로, 뚝뚝이(캄보디아의 교통수단)로 오는 것이다. 얼마나 일찍 서둘러서 집을 떠나왔을까 상상하니 짠한 마음이 들었다. 아픈 환자의 몸으로 길에서 새벽을 기다리는 심정은 어떠할까? 어떤 나라는 병원이 차고 넘쳐서 과잉을 염려하고 있는데, 같은 지구 상에 이렇게 다른 의료 현실이 있다는 것을 실감하기 어려웠다.

사실 나는 오랜만의 안식년을 맞아 좀 더 나은 교육과 연구를 위해 독일 뮌헨 치과대학으로 가기로 하고, 이미 초청장까지 받아 놓은 상태였는데 갑자기 캄보디아의 헤브론 선교병원에서 치과의사가 필요하다는 말을 듣게 되었다. 나를 위해서는 독일에 가서 쉬기도 하며 배우는 기회를 가지는 것이 좋겠지만 하나님의 계획은 다른 뜻이 있으신 것 같아 독일 교수에게 양해를 구하고 캄보디아로 가기로 결정하였다.

단기 의료선교팀으로 일주일 정도 여러 나라에 가서 봉사한 경험은 있지만 이번과 같이 여러 달 동안 한 군데에서 진료하는 일은 처음이라 '혼자서 잘할 수 있을까?' 하는 걱정을 하기도 하였다. 그래도 하나님께서 이곳 캄보디아를 사랑하시고 헤브론병원에서 펼치고 있는 선한 계획에 부족한 나를 사용하심을 감사드린다. 앞으로 어떻게 사용하실지 알 수 없지만 캄보디아 사람을 섬기면서 저들 가운데 하나님의 사랑을 드러낼 수 있는 기간이 되기를 기도하였다.

이곳은 우기와 건기로 나누어져 있어서, 우기 때보다 건기 때 너무 더워 지내기가 힘들다고 한다. 지금은 건기의 시작이라 낮 기온이 35°C를 넘는 날씨가 매일 계속되고 있다. 오후가 되면 움직이기가 쉽지 않다. 가만히 앉아 있어도 땀이 줄줄 흘러내린다. 설상가상으로 캄보디아에 온 지 얼마 안 되어, 저녁 식사 후 밤새도록 토하고 설사가 계속되어서 잠을 잘 수가 없었다. 아침 일찍 Q.T(quiet time:경건한 시간)에 선교사님께 상황을 설명하니 누구든지 한 번씩 거치는 일이라고 하면서 대수롭지 않게 말하였다. 설사는 멎지 않고 복통이 계속되어 죽만 먹은 지 일주일이 지나자 체중이 5kg 줄었다. 환자를 봐야 하는데 찌는 듯한 날씨에 힘이 없어 말하기도 힘들 지경이었다.

130년 전 우리나라에 첫발을 내디딘 선교사들 중에 여러분이 열악한 생활환경 속에서 도착한 지 얼마 안 되어 돌아가신 선교역사를 떠올리게 되었다. 로제타 홀이라는 선교사는 발진티푸스로 남편을 잃고 또다시 어린 딸을 풍토병으로 양화진 묘소에 묻으며 이렇게 기도했다고 한다. "하나님! 사랑하는 내 아이와 함께 조선에서 평생 사역할 수 있게 해 주시기를 원합니다." 로제타 홀 선교사님의 상황에서 나라면 어떻게 했을까? 솔직히 자신이 없다. 130여 년 전의 조선인의 의, 식, 주의 생활은 지금의 캄보디아보다 훨씬 더 어려운 상황이었을 테니 얼마나 힘든 생활이었을까! 더욱이 외부 환경뿐 아니라 선교사를 향한 조선 사람들의 보수적이고, 배타적인 정서로 인해 적응하기 무척 힘들었을 것이다. 그럼에도 불구하고 남편과 자식을 잃고 절망할 수밖에 없는 상황 속에서도 다시 일어나 여자의 몸으로 43년 동안 조선을 사랑하고 그 땅에 뼈를 묻은 선교사를 생각하면 내가 당하는 이 정도의 불편함을 호소하는 것은 사치스러운 불평임을 깨닫게 되었다. 사실 캄보디아에서 만나는 불편함 대부분은 내가 어렸을 때 한국에서 이미 보았고, 경험했던 일들이라 크게 이상하지는 않았다. 그렇지만 조선에서 서양 선교사들이 겪어야 했던 문화적인 충격은 상상을 초월했을 것이라고 여겨진다.

캄보디아는 동네마다 불교 사찰이 있고, 전 인구의 95%가 불교를 믿는 나라다. 킬링필드의 아픔을 간직한 수많은 해골을 유리통 속에 쌓아놓고 관광객들에게 보여주고 있다. 그 상처를 이미 잊어버린 것 같은 순진한 민족성을 지닌 사람들, 훈센 총리의 장기 집권에 반발하며 봉기를 일으킬 만도 하지만 묵묵히 무저항적이고 온유한 캄

별을 던지는 세브란스

보디아 사람들의 속마음을 이해하기는 쉽지 않다. 우리가 이곳에 온 목적이 복음을 전하기 위함이고, 그래서 그리스도의 사랑을 가지고 진료하고 봉사하지만, 앙코르와트와 같은 대단한 문화와 전통을 지닌 사람들을 대할 때마다 마치 달걀로 바위를 치는 것처럼 느껴지기도 한다. 어느 집이나 상점이나, 집 앞에 작은 우상을 만들어 놓고 손을 모아 합장을 하며 복을 빈다. 그 모습을 보면서 마치 언더우드 선교사가 조선에 와서 겪었던 답답한 심정을 조금은 이해할 수 있을 것 같다.

주여 지금은 아무것도 보이지 않습니다. 주님! 메마르고 가난한 땅 나무 한 그루 시원하게 자라 오르지 못하고 있는 땅에 저희들을 옮겨다 심으셨습니다. 지금은 예배를 드릴 예배당도 없고 학교도 없고, 그저 경계심과 멸시와 천대만이 가득한 이곳이지만 이곳이 머지않아 은총의 땅이 되리라는 것을 믿습니다. 주여 오직 제 믿음을 붙잡아 주소서!

기도를 드렸다.

봉사활동을 시작한 지 얼마 되지 않았지만, 이곳 헤브론병원을 통하여 하나님의 사랑이 전해지고 펼쳐나가리라 믿는다. 캄보디아에서 하나님이 찾기 원하시는 모든 심령들이 복음을 받아들여 새 생명을 얻고, 하나님 나라의 소망과 기쁨을 맛보게 하시기를 간절히 소망한다. 눈에 띄지 않고 보잘것없는 아주 작은 헌신을 통하여 한 영혼이라도 주님 앞에 돌아오는 기회가 될 수 있다면 얼마나 감사한 일일까!

캄보디아의 치과대학에서 강의하고, 개업한 치과의사들에게는 핸즈온 코스를 개설하고 매일 진료를 통하여 환자를 만나고, 병원이 없는 무의촌 지역에 이동진료를 하는 동안 두 달이 어떻게 갔는지도 모르게 빨리 지나가 버렸다. 작은 신음에도 응답하시는 하나님께서 캄보디아에 떨어진 땀과 눈물의 씨앗이 아름다운 결실을 보게 하시기를 간절히 소망한다.

오늘도 삶 전체를 바쳐 섬기시는 선교사들의 헌신 앞에 참으로 부끄러움을 느끼며 나에게 주어진 삶의 현장에서 주님께 받은 소명을 깨닫고 사명을 다하며 나가야겠다고 다시 한 번 다짐해 본다.

별을 던지는 세브란스

요르단
이야기

★

교수 전우택

2016년 9월 25일부터 28일까지 우리 18명의 세브란스 진료팀은 요르단의 제라쉬와 바까의 난민 임시 진료소에서 봉사활동을 했다. 그때 난민촌 정신과 진료실에는 수많은 다양한 환자들이 찾아왔다.

처음 만난 사람은 검은 부르카를 입은 여인이었다. 그녀는 온몸과 얼굴을 다 부르카로 덮고 있어서 내가 볼 수 있는 유일한 곳은 여인의 두 눈뿐이었다. 그 눈에서는 눈물이 쉬지 않고 흐르고 있었다. 그 모습은 그녀의 모든 것을 다 말해 주는 듯했다.

3년 전, 6명의 자녀와 함께 부부가 시리아에서 요르단으로 난민이 되어 들어왔다. 그러나 얼마 후 남편은 다른 여자와 눈이 맞아 도망을 가버렸다. 여섯 자녀를 데리고 살아야 하는 것은 43세 된 여인의 몫이었다. 캐나다에 난민 이주 신청을 한 지 2년 만에 마침내 허가가 나왔다. 그러나 스물한 살 난 맏아들이 문제였다. 스무 살이 넘었기에 규정상, 맏아들에게만은 이주 허가가 나오지 않았던 것이다. 어머니는 맏아들만 남겨두고 떠날 수가 없었기에, 결국 가족 모두가 요르단에 남게 되었다. 그 가족은 극한적 가난 속에 하루하루를 지내고 있었다.

그 날은 엄마와 아홉 살 난 다섯째 아들이 같이 진료실에 왔다. 이 아이는 시리아에서 비행기 폭격이 있었을 때 너무 놀라 공황 상태에 빠졌고, 극단적으로 과호흡을 하여 의식을 잃고 쓰러졌다. 그 후부터 아이는 늘 불안해하며 식사를 하려 하지 않았다. 사탕이나 초콜릿 같은 단것에만 집착하고 있었다.

난민촌 정신과 진료실에서 만나는 사람들의 이야기는 끝이 없다. 시리아에서 포격 속에 무너지는 집 밖으로 뛰쳐나온 이후, 엄마와 떨어지지 않으려는 분리 불안(separation anxiety)을 보이는 딸아이를

별을 던지는 세브란스

학교에 보내는 일로 지쳐있는 엄마, 멍한 상태에서 냄비를 불 위에 올려놓고, 그것이 기억나지 않아 다른 곳에 갔다가 불을 낼 뻔한 일이 반복되는 건망증을 호소하는 54세 여자, 난민으로 들어온 이후 아무것도 할 일이 없어 그저 시간만 보내고 있다가 화가 나기 시작하면 계속 소리를 지르는 32세 남자와 그런 남편을 옆에서 보며 너무도 무서워하는 24세 부인 등의 이야기가 있다. 이 모든 이야기는 정신과 의사인 나를 한없이 왜소하게 만들었다. 짧은 진료 기간과 제한된 약 때문이 아니었다. 이들이 겪고 있는 그 고통의 무게가 너무도 크기 때문이다.

그곳에는 하루 수백 명의 환자가 쏟아져 들어왔다. 우리는 그 환자들 사이에 서서 그야말로 고군분투하였다. 그러면서 생각한 것이 있다.

첫째는 의료의 현장성이다. 의료가 가진 힘은 고통의 현장에 직접 들어가 곁에 있는 것으로부터 나온다는 생각이다. 멀리서 그 고통을 안타까워하며 후원금과 물자를 보내 주는 것도 중요하지만, 고통을 겪고 있는 사람들의 바로 옆에서 그들의 손을 잡아주고, 아이들의 이마에 손을 올려 주는 것이 더욱 중요하다. 이는 의료의 본질적 사명을 다하는 것이라 여겨지기 때문이다.

우리가 일하고 있는 세브란스병원과는 비교가 되지 않는 열악한 상태에서 부족한 약품과 장비 밖에 없었지만, 그 빈약한 약품과 장비가 절박한 사람들에게는 거대한 힘이 된다는 것을 깨닫고 스스로 놀랐다. 130년 전, 알렌이, 에비슨이, 조선의 의료에 새로운 역사를 만들어 낼 수 있었던 것도 바로 그들이 조선 사람들의 곁에 있었다는 '현장성' 때문에 가능했을 것이다.

둘째는 종합적 지원의 필요성이다. 정신과 진료에서뿐만 아니라, 모든 진료에서 의료진이 느낀 것은 이들의 문제가 약을 주고 주사를 놔 주는 것으로 해결되지 않는다는 것이다. 학교 입학을 신청하고도 3년을 기다려야 겨우 요르단 학교에 입학 허가가 나오는 상황에서, 아이들은 학교 갈 수 있는 날만 기다리며 하루하루를 보내고 있었다. 이들에게는 교육 지원이 절실하다.

특히 여자들의 경우, 경제적 고통이 심했다. 그녀들은 일할 수 있는 길이 없기 때문에 빚만 늘어가고 있었다. 그것이 너무도 큰 짐이 되어 자살을 생각하고 있는 사람들이 많았다. 그녀들에게 아주 적은 수입이라도 안정적으로 가질 수 있도록 하는 일감과 일의 장소를 만들어 주는 것이 필요하다. 난민 각 개인이 매우 복잡한 문제들을 동시에 가지고 있어서, 사례별 관리와 지원을 해 줄 수 있는 사회복지 지원 시스템이 필요하다. 법적인 문제를 도와야 하는 사례도 많았다. 결국, 의료만이 아닌, 복합적이고 종합적인 지원 시스템을 만

별을 던지는 세브란스

들어 다가갈 필요를 느낀 것이다. 이러한 문제는 의료원뿐만 아니라 종합대학인 연세대학교 차원에서 함께 할 수 있는 일이라는 생각이 들었다.

셋째는 교육과정과의 연계이다. 학생들에게 인간의 고통과, 고통받는 자를 돕는 것이 의료진의 사명이라고 강의하는 것도 중요하지만, 이 참혹한 현장에 학생들이 함께할 수 있다면, 그들이 얼마나 많은 것을 스스로 생각하고 체험할 수 있었을까, 하는 아쉬움이 컸다. 연세대학교 의과대학생들은 이미 아프리카와 동남아 등지에서 학생들의 특성화 선택과정의 일환으로 다양한 프로그램에 참여하고 있다. 그러나 좀 더 많은 현장 체험을 할 수 있는 프로그램이 확장되었으면 하는 생각이 들었다. 중동의 지역적 안전 문제가 해결되면, 학생들의 다양한 프로그램도 생각해 볼 수 있을 것 같다. 그런 현장 체험이 장차 의사로서의 삶뿐 아니라, 난민들의 미래의 삶을 바꿀 수도 있기 때문이다.

그런데 요르단 현장에는 우리 말고도 한국인들이 또 있었다. 요르단에 거주하면서 작은 자원이지만 그것들을 가지고 의료에서, 교육에서, 안정된 일감을 주는 일에서, 최선을 다하며 시리아 난민들과 팔레스타인 난민들을 돕는 한국인들이 있었다. 그들 중에는 연세대학교 의과대학을 졸업하고 강남세브란스병원 정형외과 교수로

재직하다가 2년 반 전에, 세 자녀를 데리고 부인과 함께 요르단으로 들어와 활동하고 있는 문은수 선생님이 있었다. 그리고 우리 봉사단 장인 김문규 선생님도 7년 전 요르단에 들어가 3년간 의료봉사활동을 하다가 지금은 연세의료원으로 돌아와 소아과에 근무하고 계신다. 그러고 보니 우리 세브란스 의료진은 이미 난민들 곁에 와 있었다. 그들은 우리가 잘 알고 있는 분들이었다.

또한, 다른 나라에서 의료봉사활동을 할 때는 의료진뿐 아니라 말을 현지어로 통역해 줄 수 있는 조력자가 필요하다. 이번 요르단 의료 선교에서는 영어를 할 줄 아는 현지 여학생의 도움이 매우 컸다. 그 여학생의 이름은 아흘람이다. 그것은 아랍어로 '꿈'이라는 뜻이라 하였다. 아흘람은 난민들을 위한 나의 정신과 진료 통역으로 참여하였다. 19세인 아흘람은 요르단에 거주하고 있는 어떤 한국인 집에서 그 집 자녀들에게 아랍어를 가르치는 과외 선생님이었고, 한 달 전인 8월에 요르단의 간호대학을 졸업하였다고 했다.

아흘람은 정신과에 찾아온 환자들의 길고 긴 말들을 아주 열심히 들어 주었고, 그것을 매우 요령껏 나에게 통역해 주었다. 이야기하면서 환자들이 울면 그 환자들의 손을 잡아주고, 어깨를 다독거리는 그녀의 태도가 아주 어른스러웠다. 작은 몸의 아흘람이 자기보다 훨씬 큰 몸집의 환자들을 능숙하게 돕는 모습은 매우 인상적이었다.

별을 던지는 세브란스

진료의 마지막 날이었던 넷째 날, 환자가 아직 진료실로 들어오지 않았던 아침 시간에 나는 아흘람에게 이슬람에 대해 질문을 하였다. 그러자 그녀의 눈에 환한 광채가 났다. 이슬람 종교에 대한 자신과 자기 가족들의 신앙생활에 대하여 이야기하기 시작했다. 그녀의 어머니는 팔레스타인 난민 출신이었고, 아버지는 요르단 출신이었는데 어릴 때부터 고아원에서 자라야 했던 불운한 사람이었다. 경제적으로 여유가 없는 집안이지만, 온 가족은 모두 독실한 이슬람교 신자들이다. 몇 년 전 아버지가, 그리고 그다음 해에 어머니가 각각 메카 순례를 다녀왔다고 하였다. 부부가 함께 메카 순례를 가는 것은 돈이 많이 들어 각자 싼 값으로 가는 순례객 여행 프로그램을 택해 갔다는 것이다. 그렇지만 자신은 아직 메카 순례를 가지 못했단다. 그런 가운데 이야기는 코란으로 옮겨 갔다. 나는 아흘람에게 물었다.

"그동안 코란을 몇 번이나 읽었어요?"

"수도 없이요."

"수도 없이? 하루에 얼마나 읽는데요?"

"매일 30분에서 한 시간쯤 코란을 읽어요."

"그렇게 읽는다면 코란을 처음부터 끝까지 읽는데, 며칠이나 걸리죠?"

"20일에서 한 달 정도요."

아흘람은 코란을 제대로 읽으려면 반드시 아랍어로 읽어야 한다는 것을 강조하였다. 코란에 나오는 아랍어 단어들은 모두 특별한 개념을 가지는데, 그것을 단지 사전적인 의미로만 번역을 한다면 코란의 깊은 뜻을 알 수 없다는 것이다. 그녀의 말 속에는 깊은 신앙심과 함께 코란에 대한 자긍심이 들어 있었다. 나는 다시 물었다.

"코란을 그렇게 많이 읽었다고 하는데, 성경을 읽은 적은 있나요? 아흘람도 알다시피 이슬람에는 4대 성인이 있는데, 아브라함, 모세, 예수, 그리고 무함마드가 그들이잖아요? 무함마드의 코란에 더하여, 예수의 복음서를 읽어 본 적이 있나요?"

"아니요. 집에 아랍어 성경과 영어 성경(King James Version)이 있지만 읽지는 않았어요."

아흘람은 대답했다.

그녀에게 복음을 전도하려 하였지만 실패하였다고 나에게 살짝 귀띔하여 준 한국 분의 말이 기억났다. 그러나 이렇게 열심히 코란을 읽고 있는 아흘람에게 무작정 성경을 읽어보라고 권하는 것은 무례하고, 불공평한 일인 것 같기도 했다. 그래서 나는 불쑥 이런 제안을 하였다.

"아흘람은 지금까지 매일 30분에서 한 시간 동안 코란을 읽었다고 하였지요. 그리고 나는 지금까지 하루 30분에서 한 시간 동안 성경을 읽어 왔어요. 우리 한 번 서로 바꾸어 읽어보면 어떨까요? 나는 한국으로 돌아갈 때 영어로 쓴 코란을 사가서 읽을 터이니, 아흘람은 지금부터 내가 주는 주석이 있는 영어 성경을 읽으면 어떨까요?"

나의 제안에 아흘람은 흔쾌히 그러겠다고 대답하였다. 그래서 나는 내가 QT를 할 때 사용하는 'Life Application Study Bible'(New Living Translation: NLT version)을 '알라딘'을 통하여 주문하도록 한국인 거주자에게 부탁했다. 성경과 코란을 서로 바꾸어 읽어보자고 제의한 나의 행동은 과거엔 상상도 할 수 없는 일이었다. 매우 낯선 경험이다. 모태신앙인으로 태어난 나에게 기독교의 성경은 그 어떤 것과도 비교할 수 없는 절대적인 것이었다. 그런데 아흘람에게 성경을 소개하다 보니, 내가 가진 성경과 아흘람이 가진 코란이 갑자기 동등한(?) 위치에서 서로를 비교해 볼 수 있는 상대적인 것으로 바뀐 것 같은 느낌이 들었다. 그러나 아흘람이 단 한 번만 성경을 읽어도 코란과의 차이를 확연히 느낄 것이라는 확신이 있었다. 그러나 아흘람도 코란의 내용에 대하여 자신이 있는 것 같았다. 내가 코란을 읽겠다는 것에 매우 만족스러운 표정이었다. 그래서 우리는 서로 성경과 코란을 읽기로 약속했다.

나는 요르단을 떠나 한국에 돌아오는 길에 아부다비 공항에서 약속대로 영어로 쓴 코란을 구입하였다. 그리고 비행기 안에서 코란을 읽기 시작하였다. 너무도 낯선 내용이었지만, 전 세계의 모든 이슬람을 그렇게 강렬하게 움직이고 있는 책이었기에 집중하여 읽었다. 아흘람이 지적하였던 그 개념과 의미의 전달이 제대로 되고 있는 것인지는 알 수 없었다. 그러나 나는 내가 코란을 읽어 보겠다는 나의 약속을 지키면 아흘람도 성경을 읽을 것이라는 생각이 들어서 코란을 꾸준히 읽었다. 내가 아랍어를 제대로 모르고 이슬람의 내용을 깊이 몰라서 그런 것이었겠지만, 내가 본 코란은 성경보다 많은 점에서 부족해 보였다. 아마 아흘람도 성경의 내용이 코란의 내용보다 많이 부족하다고 느끼고 있을지도 모르겠다.

그러나 기독교인들은 두 가지를 믿는다. 하나님이 살아 계신다는 것과 성경을 통하여 그분은 자신의 말씀을 전달하신다는 것을. 인구의 96%가 이슬람이고 나머지 4%도 대부분이 그리스 정교와 가톨릭인 사회, 개신교도라고는 0.2%에 불과한 요르단 사회에서, 누군가가 기독교인이 된다는 것이 얼마나 힘들고 두려운 일인가를 생각해 보았다. 그러나 기독교는 그런 두려움 속에서도 생명력을 가지고 성장해온 종교이다. 그것은 하나님이 살아 계신다는 믿음과 그의 말씀을 전할 때 언제나 그가 같이하신다는 믿음이 기독교인에게 용기

별을 던지는 세브란스

를 주는 것이라고 생각한다.

나는 성경을 아흘람이 코란을 읽듯 매일 읽고 있는가? 나는 성경을 통하여 정말 '그 하나님'을 만나고 있는가? 6개월쯤 지나, 내가 코란을 대충이라도 다 읽고 나면 요르단에 있는 아흘람에게 이메일을 보내려고 한다. 성경을 다 읽었냐고? 무엇을 발견하였냐고? 베들레헴과 나사렛과 예루살렘이 가까운 그곳, 암만의 날씨는 오늘 어떠냐고?

누가 너의
이웃이냐

★

교수 김상희

"김상희 선생님, 선생님이 돌보게 될 환자는 누구일까요? 선생님이 일하게 된 이곳은 최고의 병원이기 때문에, 세상에서 제일 가난하고, 제일 아프고, 제일 연약한 사람들을 만나게 될 거예요. 그들은 이곳 세브란스가 최후의 희망이자 최후의 보루이기 때문에 그들을 돌보는 선생님은 최고의 간호사가 되어야 해요. 선생님의 간호에 그들의 삶과 죽음이 달려 있음을 잊지 마세요."

별을 던지는 세브란스

이는 23년 전, 새내기 간호사로 세브란스병원 내과 병동에서 일하게 되었을 때 선배 간호사께서 하신 말씀이다.

이 말씀은 내가 돌봐야 할 이웃이 누구인지를 늘 깊이 생각하게 한다. 왜냐하면 사람을 돌보는 일에 참여하도록 이끄신 주님께서 내게 하시는 질문으로 받아들였기 때문이다. 마치 강도당한 유대인을 돌본 사마리아인의 이야기 뒤에 예수님께서 하셨던 질문, "이들 중 누가 그의 이웃이냐?"처럼 나에게도 "누가 너의 이웃이냐?"라고 묻는 것 같다.

세브란스병원에서 삶과 죽음의 경계를 넘나드는 많은 환자를 발바닥에 땀이 나도록 뛰어다니며 돌보는 가운데에도, 잠시 세브란스를 떠나 적도의 태양이 이글거리는 파푸아뉴기니에서 문화와 의료체계가 전혀 다른 사람들을 만나 생활하게 되었을 때에도 늘 프리셉터 선생님의 말씀이 떠올랐다. 그뿐 아니라 주님이 주신 비전을 안고 한국을 떠나 연고지가 전혀 없는 미국 땅에서 간호학 박사과정 학생으로 유학생활을 할 때에도, 미국 최고의 의료기관에서 완화간호 전문 간호사 수련과정에 참여했을 때에도, 그리고 귀국 후 다시 연세 울타리에서 학생들과 환자들을 만나게 된 지금 이 순간까지, 나는 내가 돌보게 되는 대상자가 누구일까를 생각하며 그들을 위한 최고의 간호를 준비하고 수행한다. 왜냐하면 그들은 하나님이 보내신 나의 이웃이고, 그들에게 나를 보내신 이가 하나님이시고, 그들의 삶과 죽음의 여정에 주님이 나를 통해 치유의 역사를 진행해 가심을 깨달았기 때문이다. 지금까지도 "너의 이웃이 누구냐?"라는 질문에 대한 대답은 여전히 나의 실천적 행동으로 진행 중이다.

미국에서 박사과정 2년차 학생으로 바쁘게 생활하던 어느 날이었다, 연세대학교 스포츠레저학과 전용관 교수님이 연세대학교에 재학 중인 탈북 학생 그룹과 함께 보스턴을 방문하였다. 나는 그들을 초대하여 저녁 한 끼를 대접하는 기회를 갖게 되었다. 탈북 학생 그룹과 내가 다니는 교회의 유학생들을 위해 우리 집에서 이십여 명의 비빔밥을 준비하였다. 맛있게 먹은 후 우리는 그들의 생생한 삶의 이야기를 들을 수 있었다. 나는 뒤에 남은 설거지를 하면서 그들의 이야기에 젖어 펑펑 흐르는 눈물을 주체할 수 없었다.

우리나라에서 최고로 가난하고 아픈 환자도, 삶과 죽음을 넘나드는 환자도, 문화가 다른 외국인 환자도, 주님 내게 보내주시어서 나를 찾아오는 환자들은 전심으로 대하고 그들을 위한 최고의 간호를 지금까지 제공해 왔다. 앞으로도 그렇게 할 각오와 준비가 되어있다. 그러나 나를 찾아올 수 있는 여건이 갖추어지지 못한 사람들, 도

별을 던지는 세브란스

움을 요청할 힘도 없고 방법조차 알지 못하는 사람들에게는 최고로 준비된 나의 간호가 무슨 의미가 있을까, 하는 생각에 흐른 눈물이었다.

그 날 만난 탈북 학생들은 비록 탈북에 성공하여 무사히 한국에 안착하였고, 최고의 교육기관에서 공부를 할 수 있는 기회를 얻은 학생들이었지만, 탈북과정의 트라우마가 여전히 그들의 삶을 짓누르고 있었다. 그들은 탈북 과정에서 함께 하지 못했던 가족과 동료들 때문에 여전히 마음 아파하고 있었다. 돌보아 줄 나라도 없고, 돌봄을 요청할 방법도 몰랐으며, 스스로를 지켜낼 힘은 더더욱 없었다.

탈북 학생들과의 만남을 계기로 돌아보니 도움이 필요한 사람들은 세브란스병원이나 한국 안에만 있는 것이 아니라 전 세계에 가득하다는 것을 다시 한 번 깨달았다. 미국 내 인디언 부족마을 중 하나인 호피부족의 마을로 단기선교를 갔을 때다. 최첨단 의료시설을 갖추고 있는 미국 내에서, 미국 국민의 평균 수명보다 20년이나 짧은 평균수명으로 무기력하게 살아가고 있는 그들에게 제대로 된 돌봄이 절실하다는 것을 알았다. 모든 기술이 발달한 나라, 그래서 세계 각국에서 많은 사람들이 배우러 오는 나라, 세계에서 가장 풍요롭다는 나라, 대통령 선서식에서 성경 위에 손을 얹고 선서하는 나라, 그러한 미국 한가운데에 있는 인디언 마을의 사람들에게 참 이웃은 없었다. 나는 그들에게도 이웃이 필요하다고 느꼈다.

한국에 돌아와 다시 탈북 학생들을 만나고, 통일보건 및 국제보건과 연계되는 활동을 하면서, 이제는 찾아오는 사람들에게 최고의 간호를 제공하려는 소극적인 태도에서 벗어나 도움이 필요한 사람들을 적극적으로 찾아 나서겠다고 다짐하게 되었다. 왜냐하면 '너는 누구의 이웃이냐? 왜 그러하냐?'라는 질문에 이제는 앞서 나서서 제대로 응답해야 할 때임을 깨달았기 때문이다.

이미 탈북은 하였으나 아직 새터민이 되지 못한 사람들, 이미 탈출하였으나 여전히 망망대해를 떠돌아 보트 피플로 명명되는 사람들, 삶의 터전을 떠났으나 정착할 곳을 찾지 못해 난민이라 칭해지는 사람들도 나와 동일하게 하나님이 말씀으로 창조하셨다. 그들과 나는 같은 세상을 살고 있는 글로벌 시민이지만 어쩌다 보니 안전한 국가의 울타리 안에 살고 있다는 것과 그렇지 않다는 것이 차이일 뿐이다. 본질적으로는 전혀 차이가 없는 같은 사람들이다. 그들은 돌보아 줄 나라가 없고, 돌봄을 요청할 방법도 모르고, 스스로를 지켜낼 힘이 없기 때문에 그들의 목소리를 대변해 주는 그 누군가가 없으면 살아날 방법을 찾지 못한다. 마치 우리를 대변하여 주신 예수 그리스도가 없었다면 살아날 방법을 알지 못했던 구원 이전의 세

별을 던지는 세브란스

계에 살고 있던 우리의 모습과 같다는 생각이 든다.

세브란스 울타리에서 환자를 직접 돌보는 일보다는 학생들을 돌보는 일을 감당하고 있는 내게 되묻게 되는 질문은, '오늘, 나는 누구의 이웃으로 무엇을 하고 있는가?'이다. 오늘, 내게 맡겨주신 연세를 찾아온 한국 학생 외에도 탈북 학생, 방글라데시에서 온 무슬림 학생, 그리고 홍콩, 일본, 캄보디아에서 단기로 방문하는 학생들을 돌보는 일을 감당하고 있다. 그들에게 첫째, 우리는 모두가 하나님의 피조물인 동일한 사람이란 것과 둘째, 도움을 필요로 하는 사람들의 목소리를 대변할 수 있어야 한다는 것과 셋째, 그들에게 최고의 간호를 제공하기 위해 직접 나서야 한다는 것을 역설하고 있는 중이다. 그러나 한편 내 마음 한 자락은 도움이 필요하지만 어떻게 도움을 받을지 모르는 사람들에게도 뻗어 있다. 이미 이 사실을 깨닫고 실천 중인 여러 연세의 선배들의 뒤를 이으며, 연세에 이 사실을 알게 해 준 많은 선배 선교사들의 정신을 기억한다.

전 세계 곳곳에, 도움이 필요하지만 그 도움을 요청할 방법도 모르고 힘도 없는 사람들에게 적극적으로 나아가는 세브란스병원의 의료선교 활동. 그것에 작게나마 도움이 될 수 있다는 것은 매년 세브란스에 찾아오는 환자에게 최고의 간호를 제공하는 것을 넘어서, 내게도 큰 변화의 한 자락이며 주님의 물음에 응답한다는 기쁨이기도 하다.

　이제 우리는 일어나 돌봄이 필요한 사람들을 적극적으로 찾아 나서야 할 때이다. 돌봄에 대한 사회적 책임을 강조하는 국제간호사회 혹은 대한간호협회의 윤리강령에 따르는 전문가적 행동만은 아니다. 돌봄이 필요한 곳, 돌봄이 필요한 사람들에게 최고의 간호를 제공해야 하는 것은 주님의 부르심에 응답하는 것이다. 일찍이 130년 전, 언더우드, 에비슨, 쉴즈를 비롯한 여러 선교사들이 가난한 우리나라에 찾아와서 우리를 돌본 것도 주님의 부르심에 대한 진지한 반응이었음을 깨닫게 되었다.

　오늘도 나는 누구의 이웃이며 그들을 위해 무엇을 하고 있는지를 질문하며 살아가게 된다. 이 질문의 무게와 대답의 무게가 결코 가볍지 않은 것은 주님께로부터 온 것이기 때문이리라.

66 나는 질병으로 고통받는
모든 사람들이 하나님의 크신 사랑을 통해
진정한 자유를 누릴 수 있게 되길
매순간 기도하게 되었다. 99

3부

하나님과
함께하는 여행

삶의 질까지
생각하는 의술

★

교수 김남규

화사한 미소를 머금은 여학생과 어머니가 같이
진료실로 들어왔다. 아직 학교 복학은 안 했고, 지금은 안정과 휴식
을 취하고 있다고 하였다. 즉 백조로 잘 지내고 있고 최근에는 드럼
을 배우고 있다고 한다. 배변 보는 횟수를 질문하니 하루 3~4회 정
도로 견딜 만하고, 슬쩍 월경하는지 물어보니 웃으면서 아주 잘하고
있다고 하니 안심되었다.

1년 반 전에 대학교 2학년 꽃다운 나이의 여학생이 어머니의 손

을 잡고 진료실을 방문하였다. 혈변 때문에 내원하였는데 기본적인 검사에 대장 내시경이 포함되어 있었다. 그곳에서 놀랍게도 전 대장에 용종이 수백 개가 발견되었고 더구나 항문 가까이에 생긴 직장암도 같이 발견되었다. 혈변과 배변 증상은 아마도 직장암 때문으로 보였다. 암이 발생할 나이가 아니지만 가족성 용종증이란 병이 있으면 어린 나이에 대장암이 발생할 수도 있다. 혹시 대장암이나 용종증 가족력이 있는지 확인하였으나 없었다. 부모님은 더욱 망연자실할 수밖에 없었다. 이런 질병이 꼭 유전되는 것은 아니고 당대에서 특정 유전자의 돌연변이로 인해서 발생할 수도 있다고 설명하였다.

아직 어린 티가 나는 여학생은 병을 잘 이해했는지 그저 담담하게 자기에게 닥친 일에 대해 받아들이고 있는 듯하였다. 그녀를 치료하는데 있어서는 앞으로의 삶의 질과 병의 완치, 두 가지의 목적을 달성하는 것이 중요하다고 판단하였다. 먼저 항문 가까이에 발생한 직장암 치료를 어떻게 할 것인지 고민하였다. 국소적으로 진행된 것 같아서 수술 전에 화학방사선치료가 필요한 상태였다. 그러나 골반에 방사선이 들어가면 방사선에 예민한 난소는 기능을 잃어버릴 것이 뻔했다. 먼저 산부인과 교수에게 난소 위치를 골반에서 복강 내로 옮겨 달라고 협진을 요청하였다. 다행히 배꼽으로 단일 공 수술을 하여 난소를 골반에서 복강으로 옮겼다. 상처도 거의 보이지 않게 수술이 되었다. 그 후 계획한 화학방사선치료를 6주간 진행하였다.

다행히 치료를 잘 견디어냈고 치료 종료 후, 약 6주 후에 여러 가지 검사 결과, 치료반응도 좋아서 안전하게 항문 괄약근을 살릴 수 있으리라는 판단이 섰다. 직장을 골반 밑, 직 상방에서 자르면 종양의 완전 제거와 항문 괄약근 보존이 가능하다고 판단하였다. 환자가 젊은 여성이라 몸의 수술 상처를 최소화해야 한다고 생각했다. 이 또한 삶의 질에 관련된 중요한 문제라고 판단했기 때문이다. 과거에는 의사의 입장에서 크게 개복하여 수술을 쉽게 할 수도 있었지만, 지금은 복강경 기술을 이용하여 상처를 최소화할 수 있다.

그러나 문제는 직장암 절제뿐 아니라 전 대장에 수백 개의 용종이 동시에 퍼져있다는 것이다. 이것들을 방치하면 100% 암으로 진행하기 때문에 예방적으로 전 대장을 제거해야 하는 어려움이 있었다. 즉 직장을 포함한 전 대장을 제거하고, 배변 저장기능을 보조하기 위해 말단 회장(소장)을 약 20cm가량 주머니 형태로 만들어서 항문관에 연결할 계획을 세웠다. 수술은 복강경으로 신속하게 잘 진행되었다. 전 대장은 결국 항문 쪽으로 제거되어 몸에 상처는 최소화시킬 수 있었다. 다만 회장 낭-항문 문합술은 수기로 진행 되었다. 변이 내려가서 장 문합부에 영향을 주는 것을 피하기 위해, 즉 변을 우회시키기 위해 임시회장루를 시행하였다.

환자는 수술 후 별문제 없이 잘 회복되어 퇴원하였고 추가로 약 4개월간 항암치료를 받았다. 시간이 흘러 상처가 아물고 환자와 가족들의 힘든 시기도 지나갔다. 돌이켜 보면 환자의 오랜 인내와, 관련된 과(科) 교수님들이 합심하여 성공적인 치료가 시행된 것으로 그저 감사 할 뿐이다. 심각한 상황의 환자를 치료할 때는 의사 한 사람의 결정에 따라 치료하는 것 보다 여러 관련 전문 의사들의 협조가 절대적으로 필요하다.

때에 따라서 주치의는 악기의 각 부분의 특성과 연주자의 개성을 잘 이해하고, 최고의 조화를 만들어 최상의 연주를 하도록 협조를 이끌어 내는 오케스트라의 지휘자와 같은 역할을 해야 한다고 생각하였다. 의사들의 협동 정신과 협조가 고스란히 환자에게 영향을 미친다는 사실, 또한 의사의 개인적인 기술 발달을 위한 치열한 노력이 환자의 삶의 질을 높이는 데 기여한다는 사실을 확인하는 귀중한 경험이었다.

젊은 여학생에게 행복한 웃음을 찾아 주어서 의사로서 보람을 느꼈고 같이 협조하여 좋은 결과를 낸 후배 의사들에게 감사의 마음을 전하고 싶다. 언젠가 본 〈허준〉 드라마에서 스승인 유의태가 많은 반대를 무릅쓰고 허준을 중요 직책에 기용하면서 이렇게 말한 것이 기억난다.

"네가 의술이 남보다 뛰어나서 너를 내 밑에 중책을 맡도록 기
용한 것이 아니라 네가 누구보다도 환자의 병세와 처지를 측은
하게 여기고 안타깝게 여기는 마음을 가졌기 때문이다."

참으로 공감이 가는 말이다.

환자의 병만을 보지 않고 사람의 삶의 질까지도 함께 보고 치료하
는 것이 진정한 의술의 구현이 아닌가 싶다.

마지막을
함께하는 것의 의미

간호사 김현옥

누군가의 마지막 순간에 함께한다는 것은 큰 의미
가 있다. 간호사라는 직업을 가진 이후로 그 특별한 기회를 자주 갖
게 된다. 내가 간호사가 아니었더라면 함께하지 못했을 그 죽음에
대해 이야기하려고 한다.

2005년 세브란스병원에 입사하여 56병동 신규간호사로 일할 때
였다. 그 당시는 간호사로서 첫발을 내딛고 있는 때이기에 병동에서
선생님들로부터 열심히 배우고 있었다. 그러던 중 내 생에 처음으로

별을 던지는 세브란스

죽음을 맞이하는 환자를 만나게 되었다. 다른 선생님들과 함께 사후 정리를 하면서 내가 이런 일을 계속할 수 있을까, 하는 두려움과 불안한 생각이 들었다. 그날 밤 꿈에 그 환자의 얼굴이 나타나서 잠도 못 이루었던 기억이 난다. 인생에서 아직 가까운 가족들의 죽음도 경험하지 못한 나에게 환자의 죽음은 정말 견디기 힘든 시련이었다. 의료진 중에 환자의 죽음을 경험하고 힘들어서 그만둔 사람도 있었다는 이야기를 들은 적이 있다. 나의 첫 시작이 그러했듯이 그들도 그러했을 것이다.

나는 생각해보았다. 내가 간호사라는 직업을 계속 갖고자 한다면 환자의 죽음과 마주치는 것은 피할 수 없는 일일 것이다. 그렇다면 간호사라는 직업을 포기할 것인지, 아니면 한 인간이 이 세상을 마지막으로 떠나는 순간을 돕고 지켜봐 주는 것이 의미 있는 일인지를. 그것이 의미 있는 일이라면 의료진의 한 사람으로서 나의 할 일이 무엇인지 곰곰이 생각해 보았다. 그러나 그때 처음 보게 된 그 경험은 십 년이 지난 지금까지도 문득문득 떠오른다.

이제 막 독립하여 신규 간호사로 일하고 있을 무렵 내가 간호하는 환자분이 돌아가시는 일이 생겼다. 여러 날 동안 간호하면서 그 환자와는 친하게 지내고 있었던 터라 그 환자분의 죽음은 나의 가슴을 아프게 하였다. 혈압과 맥박이 체크 안 되면서 결국 호흡은 멈추고 심전도가 일자의 선을 쭉 긋는 순간, 나는 눈물이 핑 돌았다. 가족들이 서럽게 울었던 이유도 있었겠지만 내 환자를 그렇게 보내야만 한다는 게 나를 정말 힘들게 하였다. 하지만 나는 울지 않았다. 지난번 처음 겪었던 그 죽음을 보면서 의료진은 자신의 감정을 숨겨야 한다는 이야기를 들었기 때문이다. 나는 내 눈 가득히 눈물을 머금고서도 아무렇지도 않은 양 간호사로서 할 일을 다 하였다.

그 이후, 종양내과에서 일하면서 많은 환자들의 죽음을 접하게 되었다. 다른 의료진처럼 나 또한 환자의 죽음을 보는 것이 내게 큰 스트레스라면서 이야기하고 다녔고, 이렇게까지 하면서 간호사를 해야 하는지 고민하는 시기가 찾아왔다. 그때 나는 매너리즘에 빠져 환자가 죽는 것을 보면서 아무런 감정도 느끼지 못한 채 간호사로서 해야 할 일들만 했다. 나는 그저 일만 하는 간호사였다.

그런 나에게 마지막을 함께 한다는 것의 의미를 깨닫게 해준 사건이 있었다. 환자는 어린 자녀 두 명을 둔 30대 중반의 젊은 여성이었다. 날마다 통증 때문에 힘들어하던 분이라 진통제를 많이 줬던 기억이 난다. 그날은 통증으로 무척 힘들어하던 날이었고, 이제 죽음이 얼마 남지 않았던 터라 환자를 편안하게 해주자는 보호자와 의료진의 결정에 따라 진정제를 투여하기 직전이었다. 어린 자녀들은 아무것도 모른 채 천진난만하게 병동을 뛰어다녔고, 남편은 그런 아이

별을 던지는 세브란스

들과 아내를 보면서 하염없이 눈물을 흘렸다. 진정제 투여 직전에 남편은 아내에게 하고 싶은 이야기를 했다. "나와 결혼해줘서 고마웠고, 그동안 정말 많이 행복했다. 두 아이를 낳아줘서 정말 고맙다. 아이들 잘 키울 테니 하늘에서 보고 있어라. 이제 많이 힘들었으니 편안한 곳에 가서 쉬어라. 아이들 잘 키워놓고 따라갈 테니 꼭 기다려라."

가족들의 마지막 이별을 지켜보면서 나 또한 눈물을 참을 수 없었다. 내 기억으로는 그곳에 함께 있었던 다른 의료진도 함께 눈물을 흘렸던 것 같다. 환자분에게 진정제가 투여되었고 그 후 편안하게 잠이 들었다. 며칠 뒤 그분은 통증이 없는 편안한 곳으로 갔다. 그리고 그 사건은 나의 메말라 잠들어 있었던 감성에 돌 하나를 던진 듯 잔잔한 여운을 남겼다.

누군가의 마지막을 준비하고 함께한다는 것, 인생의 마지막을 아름답게 정리할 수 있도록 도와주고 편안한 죽음을 맞이할 수 있도록 돕는다는 것은 환자를 치료하는 것만큼이나 큰 의미를 가진다고 느꼈다. 환자와 보호자의 감정을 공유하면서 마지막이라는 두려움에서 벗어날 수 있도록 그들을 돕는 역할을 누군가가 해야 한다면 그것은 우리 의료진의 몫일 것이다. 의료진은 죽음에 대한 공포나 두려움에 휩싸이지 않고 긍정적인 마음으로 그들을 보듬어줄 수 있어야 할 것이다. 그러니 우리 의료진은 환자의 마지막을 보며 괴로워하기보다 우리의 도움을 필요로 하는 그들의 눈빛을 읽고, 환자와 가족들이 좀 더 편안하게 아름다운 이별을 준비하도록 도와야 할 것이다.

죽음을 앞둔 환자들을 보면서 나는 나의 마지막을 생각한다. 내 인생의 최후를 생각하면서 남은 인생을 어떻게 살아가야 할지 치열하게 고민한다. 그래서 내 남은 인생을 낭비하지 않고 정말 열심히 살아야겠다고 다짐하며, 누군가를 도울 수 있는 사람으로 준비하고자 노력하고 있다. 나의 이런 노력들이 삶에서 결실하길 바라며 이 글을 함께 읽는 의료진에게도 도전이 되기를 바란다.

결코 쉽지 않은 이 길을 함께 걷는 당신이야말로 정말 최고의 길을 걷고 있다는 자부심을 가져도 될 듯싶다. 누군가의 마지막 순간을 함께해줄 수 있는 당신이야말로 아무도 할 수 없는 위대한 일을 하고 있기 때문이다. 그러한 사명감을 가지고 오늘도 나의 사랑하는 동료들과 함께 이 일을 할 수 있다는 사실에 감사한다.

별을 던지는 세브란스

하나님의 사랑으로 인류를
질병으로부터 자유롭게

간호사 최수미

나는 10여 년간 심혈관병원에서 일했다. 그곳은 의료진뿐 아니라 환자도 같이 땀 흘리고 노력하면 회복이 빠르다는 것을 몸소 체험한 곳이다. 의료진과 환자의 힘이 합해지면 질병으로부터 자유도 꿈꿀 수 있다는 것을 알게 해준 곳이다.

그 후 암병원 중환자실 근무를 하게 되었다. 암병원 중환자실에서 일한 지 얼마 되지 않아 처음으로 의식이 명료한 말기 암 환자의 간호를 담당하게 되었다. 그분을 만난 날, 나는 그 날이 그분과의 마지막 날이 되리라고는 생각지 못했다. 뒤늦게 그날이 그분과의 마지막 날이라는 것을 알았을 때, 바쁘다는 이유로 좀 더 따뜻하게 대해드리지 못한 후회감을 느꼈고, 그때의 미안함이 늘 마음 한구석에 남아 있었다. 그런 경험을 한 후, 나는 늘 어떻게 말기 암 환자에게 다가가야 할지를 고민하였다. 삶의 마지막 순간에 어떤 태도로, 어떤 말을 해야 그분들이 평안한 마음으로 이 세상을 이별하는 데 도움이 될 수 있을까 하는 문제는 나의 큰 숙제였다.

그리고 한 할아버지 환자를 만났다. 암으로 투병 중인데 혈압도 낮고 소변이 잘 나오지 않아 승압제를 사용하며 지속적으로 정정맥 투석을 위해 중환자실에 오셨다. 할아버지를 만난 지 며칠이 지나자 그와 조금 친숙하게 되었다. 나는 용기를 내 할아버지께 예수님을 전하면 어떨까 하는 생각이 들었다.

"할아버지, 제가 할아버지 위해 기도해드려도 될까요?"

할아버지는 고개를 가볍게 끄떡였다.

"살아계신 하나님! 할아버지가 지금까지 주의 은혜로 지내오게 하신 것을 감사드립니다. 하나님을 알지 못하고 살아온 지난날이지만 남은 시간 우리를 지으시고 우리의 주인이신 하나님을 알게 되길 원합니다. 중환자실에서 치료받고 계시는데 불안하거나 힘들지 않게 주께서 지켜주시고 순간순간 함께해주세요.

예수님 이름으로 기도드립니다. 아멘!"

나는 하나님의 치유를 믿는다. 하지만 내가 만난 말기 암 환자분들을 위해 그동안 마음으로는 기도하면서도 차마 소리 내어 환자를 낫게 해달라는 기도를 그들과 함께 드리지는 못했다. 낫지 않으면 그 기도를 함께 드리던 환자가 실망할까 봐 용기가 나지 않았다. 인간을 만드신 이도 하나님이시고, 그의 생명을 거두어 가시는 이도 하나님이라는 신앙을 그들이 이해하기는 힘든 일일 것이다. 또한, 내가 비록 열심히 기도한다 해도, 하나님의 뜻이 아니면 내 기도는 이루어지지 않을 것이다. 그때 환자가 느끼는 실망도 있지만, 나 자신도 이루어지지 않은 기도에 상처를 받을 수도 있을 것 같은 신앙의 흔들림이 두렵기 때문이었다. 믿음 없어 보이는 내 모습과 모든 기도를 내 뜻대로 다 하나님이 들어주시지 않는다는 현실 사이에서 늘 갈등하는 나는 막막하고 답답하였다. 그래서 소리 내어 환자분들과 함께 기도하기를 주저하였다.

그런데 오늘 할아버지와 같이 기도를 마쳤을 때 "하나님의 사랑으로 인류를 질병으로부터 자유롭게 한다"라는 말의 의미가 마음에 새롭게 다가왔다. '질병으로부터 자유롭게 한다'는 말을 그동안 '질병으로부터 낫게 한다'로 해석을 하였기에 그렇지 않은 상황에 대해서는 받아들이기가 어려웠던 것이다. '질병으로부터 자유롭다'는 말은 '육신의 질병이 낫는다'라는 의미와 함께 '하나님의 사랑으로 그의 영혼이 질병으로부터 자유를 누릴 수 있다'는 의미라는 것을 새롭게 깨닫게 되었다.

그동안 마음속에 답답하였던 문제가 풀렸다. 그 후, 나는 질병으로 고통받는 모든 사람들이 하나님의 크신 사랑을 통해 진정한 자유를 누릴 수 있게 되길 매순간 기도하게 되었다.

별을 던지는 세브란스

환자의 아픔을
내 가족의 아픔으로

★

간호사 박샛별

내 어린 시절 기억 속의 간호사는 다친 발을 부여잡고 앙앙 울어대던 나에게 아프지 않게 잘해 줄 거라며 다독여주던 고운 미소를 짓던 천사였다. 그 미소가 마치 아프지 않을 것이란 걸 보장해주는 것처럼 굳게 믿었던 것 같다. 간호학과에 지원했을 때, 나도 그런 간호사가 되리라 다짐했었다. 하지만 4년간의 수업과 천여 시간의 실습 과정은 내가 보아왔던 환한 미소의 천사는 간호사가 하는 업무의 아주 일부였던 것을 깨닫게 해주었다.

간호학과를 졸업하고 세브란스병원에 합격한 상태에서 1년 6개월을 기다리는 동안, 나는 소중한 사람 둘을 잃었다. 희귀 뇌세포 암으로 두 번의 입원과 두 번의 수술 후 혼수상태에서 버티다 돌아가신 이모부와 발견 당시 대장암 4기로 수술과 항암치료가 불가능했던 외할머니이다. 두 분이 내게 어떤 분인가를 종이 한 장에 서술하라면 다 쓰지 못할 것이다. 나의 인생 전반에 걸쳐 엄마 다음으로 나를 예뻐하신 외할머니, 사춘기 시절 나를 살뜰히 챙겨주셨던 이모부, 그분들이 없었다면 지금의 나도 없었을 것이다. 1년 6개월 동안, 그분들 곁에서 밤잠을 설치며 기도와 간호로 지켰던 가족을 보면서 결심했다. 내가 병원에 근무하게 되면 암과 투병하는 이들에게 힘이 되어주고, 마음에서 우러나오는 간호를 하리라고.

그런 각오를 하고 세브란스병원 암 병동에서 근무를 시작한 지 어느덧 1년이 지났다. 숱하게 혼나고 바쁘게 뛰어다닌 기억이 난다. 병동 업무는 정해진 시간에 환자에게 필요한 간호를 하는 것으로 v/s check, 투약 등 기본적인 업무가 있다. 그 외에 수술과 검사 스케줄에 맞춰 수술 전 간호와 검사 전 간호 준비를 하고, 수술 후 환자에게 주의 사항을 교육하는 것도 간호사의 몫이다. 기본적인 업무를 수행하면서도 위 사항의 일을 정확히 확인하기 위해서는 병동과 스테이션을 이리저리 뛰어다녀야 한다. 그뿐만 아니라 갑자기 환자 상태가 나빠지면 병동 전체가 긴장 상태에 놓이고, 한층 더 압박감을 느끼면서 바빠진다. 이 모든 일을 하면서도 간호사 스테이션으로 나오는 환자와 보호자를 응대하다 보면 시간이 촉박하다고 느껴질 때가 많다.

몸이 아픈 환자의 마음까지 친절하게 돌봐주어야 한다는 생각으로 업무를 하리라 다짐했지만, 이런 현장에서 마냥 미소를 띠며 친절을 유지한다는 것 자체가 버거웠다. 반복적으로 묻고, 무리한 요구를 하는 까다로운 보호자와 환자도 더러 있었다. 신규 간호사였던 내가 어찌해야 할지를 몰라 환자에게 잡혀 기본 업무를 놓친 적도 있었고, 크고 작은 실수도 여러 번 있었다.

이제는 나의 밑으로 후배들이 들어왔기 때문에 신규라는, 막내라는 타이틀은 졸업했다. 신규 시절의 이런저런 실수는 선배들의 계속된 지적으로 보완이 되었지만, 1년이 지난 지금, 더 조심해야 한다고 선배들로부터 신신당부를 받았다. 1년쯤 지나면 스스로 경험이 어느 정도 있다고 판단해서 어처구니없는 실수를 하는 경우가 많다고 한다.

어느 정도 경험이 있기 때문에 당연히 하는 것이라고 여겼던 투약과 간호에도 왜 하는지를 다시 한 번 생각해볼 여유도 생겼다. 지난 1년간은 그저 정해진 시간 내에 맡은 일을 끝내기 위해 이리저리 뛰어다니기만 했던 것 같다. 내가 잘 모르는 처방이 환자에게 내려지면 당장 전문서적을 찾아볼 수는 없어도 동료나 선배 간호사에게 묻거나 의사에게 물어보아야 한다. 그래야 환자가 약에 관한 질문을 하더라도 적절하게 설명해줄 수 있다. 그럼으로써 환자도 나를 신뢰할 수 있고, 나 역시 내가 하는 간호에 자신감을 가질 수 있다.

일 년이 지난 지금, 나는 더 공부하고 더 노력하며 겸손한 마음을 가지고 환자에게 안정감을 줄 수 있는 간호를 하리라 다짐한다. 환자의 아픔을 내 가족의 아픔으로 느끼면서.

모든 것이
주님의 은혜이다

★

간호사 김지예

"하나님의 사랑으로 인류를 질병으로부터 자유롭게 한다." 이는 세브란스병원의 미션이다. 나는 우연히 이 미션을 알게 되었고 그때부터 궁금증이 일어나기 시작했다. 어떻게 한 조직의 미션에 당당히 '하나님'이란 말을 쓸 수 있을까를 의아하게 생각했다.

그때부터 세브란스병원이 궁금했고, 그 공동체의 일원이 되어 일하고 싶었다. 그런데 입사해 근무한 지 수년이 지나자, 교대근무를 핑계로 주일예배도 드리지 않게 되었다. 처음에는 주일예배를 드리지 않아 마음이 무거웠지만, 점차 무뎌지기 시작했다. 하나님의 이름 아래 각자 소명을 받고 모인 직원들의 병원이라는, 처음 느꼈던 감격은 사라지고 병동으로 자원봉사를 나오는 찬양팀의 찬양 소리에 업무전화 벨소리가 잘 들리지 않자 급기야 짜증이 나기 시작했다. 그렇게 주님과 점차 멀어지고, 업무에 익숙해질수록 교만해져갔던 내게 한 사건이 발생했다. 평소처럼 주일예배를 드리지 않고 출근한 오후였다. 근무 중, 섬망증상이 있었던 환자가 병동에서 난동을 부렸고, 그 일로 후배 간호사가 다쳤다. 그날 병동 근무의 시니어 간호사였던 나는 너무 당황스러웠고 다친 후배를 어떻게 바라봐야 할지 감당이 되지 않았다.

그 일이 일어난 후, 친한 친구에게 나의 고민을 털어놓았다. 나 이제 환자들을 어떻게 대해야 할지 모르겠다고. 그 때 그 친구가 나에게 준 조언은 내 삶을 바꿔놓았다.

"지예야, 기계도 쓰다가 고장이 나면 AS센터에 가게 되잖아. 사람도 고장이 났을 때 만드신 분께 가서 얘기하면 가장 좋은 해결책을 주시는 거 같아. 난 그래서 매일 퇴근길에 교회에 들러서 주님과 대화해. 나는 그 시간이 가장 좋아."

그 말을 듣고 아무 말도 안했지만 속으로 항변을 했다. 넌 교대근무를 안하니 그렇게 속 편한 소리를 할 수 있지만, 나는 교대근무를 하는데 밤 11시에 어떻게 교회에 가며, 밤 근무 마치고 새벽에 어떻게 교회에 갈 수 있겠느냐고.

그 순간 내 안에서 울리는 소리가 있었다.

'내가 그래서 병원 안에 예배당이 있는 세브란스병원으로 널 보냈는데, 아직도 모르느냐? 내가 너와 교제하길 원한다.'

나는 그 소리를 듣고 "주님!"하고, 엎드릴 수밖에 없었다. 그분의 부르심을 잊고 지냈던 날들이 후회되고 죄송했다. 그동안 주님은 나를 얼마나 안타깝고 긍휼한 눈빛으로 바라보며 돌아오기만을 손 벌리고 기다리셨을까?

그날부터 지금까지 나는 매일 근무를 마친 후 기도실로 달려간다. 누가 시킨 것도 아니고 하루 빠진다고 정죄하실 분도 아니시지만, 기도실에 앉아서 근무 중 분잡했던 마음을 내려놓고 조용히 십자가를 바라본다. 그때 그분은 그윽이 나를 안아주시고, 나의 마음은 편안해진다. 그리고 '주님, 주님의 눈으로 환자들을 바라보며 치료의 도구로 사용되길 원합니다'라고 기도를 드린다.

날마다 기도실을 들리기 시작한 후, 나는 아픈 이들을 내 가족처럼 돌볼 힘이 생기고 사랑하는 마음이 솟아나기 시작했다. 상한 마음으로 출근했을 때도 근무 전, 조용히 주님의 눈으로 오늘 맡겨진 환자들을 바라보게 해달라고 기도한다. 세미한 내 음성을 들으시고 넘치는 사랑을 부어주셔서 환자들을 바라볼 때 그들의 고통이 내 아픔처럼 느껴지고, 그들의 당황한 모습이 내 가족처럼 느껴져 손잡고 위로할 마음을 주시는 하나님께 감사드린다.

그간 나의 간호사로서의 삶을 돌아보면 모두 하나님의 은혜였다. 힘들 때나 즐거울 때나 넘치게 주시는 주님의 사랑으로 버틸 수 있었다. 언제나 주님이 나와 함께 하신다는 것을 깨닫고 나니 환자들을 돌보는 일에도 힘이 생기고 기쁨이 넘치기 시작했다. 하지만 주님을 날마다 경험한다고 자부하면서도 순간순간 넘어질 때가 있어서 부끄러울 때가 많다.

하루는 감염 환자가 병동에 입원했다. 그분도 그날 감염 사실을 처음 알게 된 날이었다. 내 담당 환자는 아니었지만 담당이었던 신규간호사가 내게 채혈을 부탁했다. 표현은 하지 않았지만 부담스럽고 불편했던 게 사실이었다. 그날 퇴근길에 기도실에 들러서 기도하는데 예상치 못한 마음의 울림이 있었다. '나는 세리와 창녀의 친구였다. 네가 내 제자라면 세상 사람과 똑같은 마음을 품지 말고 그 환자의 필요를 진심으로 알아보고 사랑해야 하지 않겠느냐?'

'주님, 그렇게 하겠습니다.' 순종하는 마음으로 다음날 출근했을 때 그분은 이미 다른 병동으로 이동하고 없었다. 그 후 몇 달이 지

별을 던지는 세브란스

난, 어느 날 환자를 인계받는 중 그분이 다시 입원한 사실을 알게 되었다. '하나님께서 내게 주신 기회구나.' 열이 40도 가까이 나던 그분의 아픔이 내게 전해지고 마치 내 가족이 아픈 것처럼 마음이 아려왔다. 어떻게 하면 열을 떨어뜨릴 수 있을까? 밤새 간호하고 열이 떨어진 것을 확인하고 퇴근하는 길에 들른 기도실에서 깨달았다. 이건 절대 상한 내 마음에서 스스로 나온 마음이 아니다.

> 하나님이여 내 속에 정한 마음을 창조하시고 내 안에 정직한
> 영을 새롭게 하소서(시편 51편 10절).

아! 다윗도 그 안에 정한 마음이 없을 때 정한 마음을 창조해달라고 기도했구나, 하는 생각이 들었다. 나도 내 안에 정한 마음이 없을 때 정한 마음을 주십사고 하나님께 기도해야 한다는 것을 깨달았다. 정한 마음은 나 스스로 생성할 수 있는 것이 아니라 오직 하나님께서 주셔야만 하는 것이라는 생각 때문이다.

어떤 것도 그저 되는 일이 없다. 팔다리를 움직이고, 숨을 쉬며 말할 수 있고, 아프고 어렵고 약한 사람들을 다독이는 것이, 다 내 힘으로는 불가능한 일이며 오직 주님께서 부어주신 마음과 힘이 있어야만 가능하다는 것을 새롭게 깨닫게 되었다.

기도실에서 묵묵히 앉아있는 날도 있고, 때로는 기도를 십 분도 채 하지 못하고 일어나기도 한다. 그런 나의 약한 모습마저도 사랑해주시며 나와 함께 하시는 주님을 순간마다 느낀다.

이 글을 통해 질병의 고통으로 인해서 마음까지 다친 환자분들께서 간호사들이 환자들을 어떤 마음으로 돌보고 있는지 깨닫고 위로받기를 소망한다. 또한, 동료 간호사들도 예배의 자리로 나오는 것이 얼마나 큰 은혜인지 마음에 새길 수 있기를 바란다.

"하나님은 살아계십니다!"

별을 던지는 세브란스

백의의
천사

★

간호사 이서현

초등학교 때부터 꿈이었던 간호사가 된 지 벌써 5년이라는 시간이 흘렀다. 아픈 환자들 곁에서 그들에게 도움을 주는 직업이 어린 시절 나에게는 왜 그렇게 좋게 다가왔을까? 천사 같은 미소를 지으며 아픈 환자를 돌보는 것이 참으로 아름다워 보였다. 하지만 신규 간호사 시절의 현실은 나의 꿈과는 너무나 차이가 컸다. 의료의 현장은 내가 상상했던 것 이상으로 어려웠다. 신규 간호사 생활을 암 병동에서 시작했기 때문에 더욱 어려웠을지도 모른다. 처음 간호사가 되었을 때 나의 꿈을 이루었다는 기쁨은 있었지만, 현장에서 간호사로서의 업무는 너무나도 어려움이 많았다.

　암 병동에서 시작한 신규 간호사 시절에는 모든 환자들이 중환자였기 때문에 의료적인 처치만으로도 너무 바쁜 시간을 보냈다. 환자의 혈압, 맥박, 호흡, 체온, 산소 포화도, 의식 상태 등을 항상 측정하여 기록하여야 하고, 그에 따른 투약, 주사 등의 여러 가지 간호 처치를 즉각적으로 시행하는 것만으로도 나에게는 너무 벅찬 일이었다. 근무 시간 또한 3교대이기에 나의 신체적, 정신적 건강을 나 스스로 챙기기도 바빴다. 만약 신체적, 정신적 긴장에서 좀 더 여유가 있었다면 정말로 백의의 천사처럼 환자를 간호할 수 있었을 것이다. 교과서에서 배운 대로. 간호사는 환자의 신체적인 간호뿐만 아니라 관심과 사랑으로 정신적인 간호도 해야 한다. 그뿐 아니라 환자에게 처방되는 여러 가지 의료적인 지식을 환자에게 전달해 주어야 하고, 나아가서 환자의 보호자들에게까지도 친절하게 설명해 주고, 보살펴야 한다. 어쩌면 그것이 백의의 천사일지도 모른다. 하지만 그 시절의 현실은 나의 이상과는 너무나 달랐다.

　고난과 역경의 신규 시절을 거쳐 암 병동 4년 차 간호사 때의 이야기이다.

그 날도 다른 날과 다름없이 바쁘게 업무 인계를 받고 병실 라운 딩을 시작했다. 그 날 담당했던 열 명의 환자 중 지금까지도 기억에 남는 환자가 있다. 그 환자는 내원 한 달 전에 허리뼈 골절로 타 병원 에서 진료 후 보조기를 착용하며 지냈다. 그러던 중 기침할 때마다 허리 통증이 심해져 세브란스병원 응급실을 경유하여 내가 근무하 는 병동에 입원한 환자였다. 입원하여 시행한 검사 상으로는 폐암이 척추와 간으로 전이 되었다는 소견이었다. 척추 전이에 대하여 처음 에는 절대 침상 안정(ABR: absolute bed rest)을 하며 방사선 치료를 진 행했다. 방사선 치료를 진행 중에는 침상 안정을 위해 유치도뇨관 (foley cath)을 가지고 있었지만 방사선 치료 후 보행이 가능하게 되 자 유치도뇨관을 제거하고, 보조기를 착용한 후 보행을 하도록 격려 하였다. 하지만 환자는 통증과 움직임에 대한 두려움으로 자가배뇨 (self voiding)를 하지 못하는 상황이었다. 그러다가 방광에 소변이 차 면 단순 도뇨(nelaton)로 배뇨를 하는 상태로 인계받았다.

그날도 다른 환자들과 마찬가지로 혈압을 측정하려고 그 환자에 게 다가갔다. 그 환자 옆에는 남편과 대학교를 갓 입학했는지 항상 과표시가 있는 잠바를 입고 병원에 오는 첫째 아들과 아직 중학생 같아 보이는 둘째 아들이 보호자 침대에 아무런 대화 없이 나란히 앉아 있었다. 그런데 환자의 옷은 꿉꿉하게 젖어있었고 땀 냄새가 많이 났다. 나는 환자에게 마지막으로 언제 옷을 갈아입었냐고 물어 봤다. 그 환자는 치료 후에 움직여 보라는 이야기를 교수님께 들었 지만 움직이면 아플 것 같아서 가만히 누워만 있었다고 하였다. 정 상적으로는 화장실에 가서 소변을 볼 때만이라도 움직이며 보행을 격려하여야 하는 상황이었지만, 이 환자는 통증과 움직임에 대한 두 려움으로 가만히 누워만 있었다. 의식이 명료한 환자가 소변은 보고 싶지만 자리에서 움직이지 않으니 매번 단순 도뇨로 배뇨해야 하는 그 환자의 심정은 참으로 답답했을 것이다. 환자의 보호자들은 의학 적인 지식이 없었기에 그냥 환자 옆에서 환자를 지켜만 보고 있었 다. 환자를 만져도 되는 건지, 아니면 자신들의 작은 행동 하나하나 가 환자에게 해가 되지는 않을지 여러 가지 두려움이 큰 것 같아 보 였다.

　나는 일단 환자를 움직여 좌변기에 앉혀야 되겠다는 생각이 들었 다. 그래서 우선 의사에게 이런 사실을 알리고 난 후, 환자에게 진통 제를 투여하였다. 그리고 보호자에게 현재 상황을 설명하고 보호자 의 도움으로 환자의 옷을 갈아입히고, 침상 옆에 좌변기를 가져다가 환자를 좌변기에 앉힐 수 있었다. 환자는 처음으로 스스로 배뇨를 하였고, 옷도 갈아입고, 미온수 목욕을 하여 깔끔해졌다. 가족들은 무척 기뻐했다.

마침 그날은 늦은 가을날, 날씨도 화창한 주말인데 두 아들은 환자 곁에 있었다. 그래서 나는 환자가 좌변기에 앉은 김에 다시 침대에 눕지 않고 휠체어를 타고 아들과 함께 산책이라도 하고 오면 좋을 것 같다는 생각이 들었다. 그래서 환자의 남편과 두 아들의 도움을 받아 환자를 휠체어에 앉히고, 아들에게 휠체어 작동법과 주의사항을 알려주고 엄마와 함께 산책하고 오라고 했다. 그때 병실 문 앞에서 엄마를 휠체어에 태워 산책을 나서는 두 아들의 뒷모습을 물끄러미 바라보면서 환자의 남편은 나에게 이런 말을 했다. "저렇게 어린 것들을 두고 떠나보낼 생각을 하니, 아직 아이들은 어려서 아무것도 모르는데……." 나는 순간적으로 무슨 위로의 말을 건네야 할지 몰랐다. 다만 환자 보호자의 손을 가볍게 잡으면서 "치료 중이니까 조금 더 나아가는 경과를 지켜봐요, 보호자 분이 더 힘 내셔야 되요!"라고 위로했다.

그 후 몇 달이 지나 아주 추운 어느 겨울날에 익숙한 이름의 환자가 우리 병동 1인실로 오게 되었다. 과 잠바를 입은 첫째 아들을 보고서 바로 기억할 수 있었다. 환자는 의식은 있었지만(alert) 왼쪽 눈으로 암이 전이되어서 눈이 돌출되어 안대를 하고 있었고, 전신의 부종(edema)이 매우 심했다. 연명치료 중지(O.DNR: official do no resuscitate) 동의서에 서명하고 가족들과 마지막 시간을 보내기 위해 일인실로 온 것이다. 그 사이 두 아들에게는 많은 변화가 있어 보였다. 엄마에게 어떻게 해야 할지를 몰라 보호자 침대에서 물끄러미 엄마만 바라보고 있었던 두 아들이 물수건으로 환자의 얼굴도 닦아 주고, 안대도 바꿔 주고 있다. 그들의 모습이 대견해 보였지만 나의 마음은 짠했다.

병동에 온 지 며칠이 지나 안타깝게도 환자는 세상을 떠났다. 남편은 처음 환자가 휠체어를 탄 날을 기억하며 나에게 고맙다고 말해 주었다. 그리고 사망 직전, 환자가 힘들어할 때에도 "저번에 당신 간호해주던 선생님이잖아! 이 선생님이 지금 당신 곁에 있으니까 마음 편히 가져!"라고 환자를 위로해 주는 소리를 들었다. 그 순간 나는 나의 작은 도움이 이렇게 환자나 보호자들에게 큰 힘이 될 수 있다는 것을 깨달았다. 그 날의 경험으로 간호사라는 직업을 선택한 나 자신이 자랑스러웠고, 나의 작은 꿈을 실천했다는 자부심마저 느꼈다.

지금도 간호사가 되고 싶어 하는 사람들이 많이 있을 것이고 간호사가 되고 싶어 하는 이유 또한 매우 다양할 것이다. 전문직이라 취업이 쉬워서일 수도 있겠고, 또는 월급이 많아서일 수도 있겠지만 무엇보다도 중요한 것은 환자에게 어떤 도움을 줄 수 있는가, 라는 기본적인 마음가짐이라고 생각한다. 그러한 마음가짐 없이 간호사

별을 던지는 세브란스

생활을 한다면 많은 어려움이 있을 수 있다. 3교대 근무도 쉽지 않지만 매 순간 긴장의 끈을 놓을 수 없기에 정신적, 육체적 스트레스가 심하다. 하지만 '환자에게 도움을 주겠다'라는 가장 기본적인 초심을 잃지 않는다면 비록 정신적, 육체적인 어려움이 있다 하더라도 그것을 보상받을 수 있는 더 큰 무엇이 있다는 것을 확신한다. 아직도 나는 나의 초심을 잃지 않고 근무하고 있다고 자부한다.

지난 5년간의 암 병동에서의 간호사 생활을 돌이켜 본다. 암 병동은 다른 병동과 달리 완쾌되어서 나가는 경우보다는 2~3주 간격으로 외래를 방문해야 하거나, 입·퇴원을 반복하게 된다. 내가 기억하는 그 환자의 경우도 퇴원했다가 증상이 악화하여 다시 입원하였고, 생의 마지막을 보내기 위해 일인실로 전동해 온 경우이다. 그렇게 많은 암 환자들 곁에서 목숨이 끝날 때까지 간호사로서 최선을 다하는 것이 나의 어린 시절의 꿈은 아니었지만, 아픈 환자들 곁에서 그들에게 도움을 준다는 초심은 마찬가지라고 생각한다. 나의 간호로 인하여 비록 죽어가는 순간이지만 환자나 환자의 보호자들이 심리적으로 위로를 받는다면 간호사로서의 책임은 다한 것 같다.

하지만 아직도 부족한 것이 많으리라고 생각한다. 위에서 소개한 그 환자의 경우에도 '내가 더 많은 도움을 줄 수는 없었을까? 그것이 나의 최선이었나?'라고 반문해 본다. 아직도 미숙한 점이 많지만 수

많은 암 환자와 함께 그분들의 좀 더 나은 치료를 위하여 그들과 함께 간호사 생활을 하고 있다. 나의 후배들도 최소한 '나는 환자에게 어떤 간호사가 될 것인가?'에 대한 깊은 성찰과 함께 환자나 보호자에게 진심으로 다양한 돌봄을 제공할 수 있는 간호사로서의 역할을 다하였으면 하는 바람이다.

별을 던지는 세브란스

마음에 뿌리내리는
환자들

★

의사 남호석

나도 의사이기 이전에 사람이다. 나를 보며 그렇게 환하게 웃어주는 환자를 본 적이 없다. 간암 말기에 암이 허리로 전이되어서 걷지 못하는 할머니. 연세도 많으시고 컨디션이 좋지 않으시며 치매와 섬망 증상이 가끔 나타나기도 한다. 약으로 조절하는 과정에서 때로는 수다쟁이로, 때로는 침묵하는 우울한 할머니가 된다. 신도 아닌 우리가 어떻게 치료하느냐에 따라 할머니의 기분을 들었다 놓았다 한 지 어언 2주째, 할머니는 보호자들과 상의 끝에 요양병원으로 가기로 하였다. 돌봐줄 수 있는 자식이 없단다.

우리에게 공손히 "할머니가 여기 더 계시면 안 됩니까?"라고 사정하던 보호자는 늘 아침에 와서 회진이 끝나면 휙 가버린다. (보호자는?)병원에서 할머니 곁에 머물 땐 할머니가 많이 드시고 변을 보는 게 싫어서 먹는 것도 그렇게 많이 안 드린단다. 간병인의 말이다. 수많은 환자와 보호자들과의 시간 속에서 이젠 표정만 보아도 사랑이 넘쳐나는지, 부담스러워하는지 어느 정도 알 수 있다.

할머니의 간병인은 할머니에게 유난히 각별하고 애틋하다. 마치 자기의 어머니라도 되는 듯이, 어르고 달래고, 잘 먹이고, 잘 싸면 잘 치워준다. 그것만 해도 감사한데 다정하게 말도 많이 거는 덕에 할머니의 치료에도 많은 도움이 된다. 섬망이 있는 환자의 첫 번째 치료는 주변 환경의 조절이다. 익숙한 환경, 익숙한 사람 틈바구니에서는 그나마 혼란을 줄여줄 수 있기 때문이다. 간병인이 그렇게 하기가 쉽지 않은데 잘 해주고 있다. 우리가 못다 하는 역할을 대신 해준다는 고마운 마음이 들어서 회진 때는 늘 할머니와 간병인과 기분 좋은 농담을 주고받고 나오기에, 방을 나올 때는 언제나 입가에 미소를 머금게 된다.

할머니와 나와의 인사는 좀 독특하다. 나는 아기들을 보면 재미있는 표정을 지어 웃기길 좋아하는데, 처음 할머니를 뵐 때 너무 해맑

별을 던지는 세브란스

고 귀여우셔서 멀뚱히 쳐다보며 씩 웃으며 장난스럽게 인사를 드렸다. 그러자 할머니가 쳐다보다가 함박웃음을 띄면서 반겨주신 이후로 그렇게 우린 기분 좋은 회진 시간을 2주간 가졌다. 할머니는 변을 못 보셔서 배가 늘 더부룩했다. 아기 배 만지듯 할머니 배를 어루만지며 정서적 지지를 함과 동시에 변이 얼마나 차 있고 배가 단단한지, 장에 가스가 차서 얼마나 부풀었는지, 배는 얼마나 아파하는지 면밀히 살핀다. 귀가 잘 안 들리셔서 나는 더 우스꽝스럽게 입모양을 크게 벌리며 "아~파~요?" 하고 소리치면 할머닌 때론 안 아프다고 웃으며 말하시고, 때론 아프다고 징징대시기도 한다. 식사를 잘하신다는 소식이 아침마다 반가웠고, 변을 잘 못 보신다는 말에 여러 기전의 관장약, 글라이세린 관장액 투여 등 다양한 방법과 간병인의 배 마사지까지, 마치 내가 똥 마려운 것처럼 신경을 썼다.

호스피스 환자를 볼 때는 다섯 가지를 본다. 일명, '숨, 잠, 통, 밥, 똥'이다. 숨은 잘 쉬는지, 잠은 잘 자는지, 통증은 잘 조절되는지, 밥은 잘 드시는지, 똥은 잘 싸는지 이다. 우린 하루에 최소 네 번, 이 다섯 가지 주제에 대해 심도 있는 토론을 하고 함께 해결책을 찾아낸다. 밤에도 할머니가 아프다고 하면 당직실에 누워 있다가 올라가서 배에서 나는 소리를 들어보고, 만져보고, 변이 많이 차 보이는 날은 복부 엑스레이를 찍고, 간병인에겐 어딜 좀 주무르듯 만져주라고 부탁하고, 무슨 약을 쓸 것인가를 결정한다. "할머니는 식사 잘하시고 물 많이 드세요" 하며 삼위일체가 되어서 그렇게 지낸 2주가 짧게 지나가 버렸다.

호스피스병동은 보험 정책상 28일 이상 머무르지 못한다. 보호자는 할머니를 집으로 모시지 못할 상황이라 결국 요양병원으로 가게 되었다며 담담하게 주치의인 나에게 말했다. 할머니께서 그곳에 가셔서 잘 지내시고 건강관리를 잘 받으실지 내심 걱정이었지만, 그곳에서도 잘 알아서 해주실 의사가 있을 것이고, 사실 이젠 내 손 밖의 일이었다. 이제는 내 손 밖의 일인데도 어느덧 환자와 너무 가까워졌다는 느낌이 들었는데 할머니께 작별인사를 하는 날 더욱 느끼게 되었다. 할머니에게 인사하는데 평소에도 눈가가 촉촉이 젖어있던 분이 오늘따라 눈가에 눈물이 고여 보였다. 치매와 섬망 때문에 정신이 없으시지만 나와의 이별을 직감하는 듯, 날 보곤 웃다가 이내 울상을 지으셨다. "할머니 잘 지내세요. 가서 건강하시고 어디 안 좋으시면 또 오셔야 해요. 안 오시고 잘 지내시는 게 가장 좋지만…….. 많이 드시고 변도 잘 보시고 건강하세요." 상투적인 멘트일지도 모르지만 나로서는 할머니에게 진심으로 걱정스러운 마음으로 마지막 안부를 전해드렸다.

별을 던지는 세브란스

마지막 인사와 함께 할머니의 손을 잡자고 손을 내미니 할머니가 "왜? 돈 달라고?" 하며 농담 아닌 투정을 부렸다. 마음이 살짝 찡하였지만, "네, 젊은 총각 손잡는데 공짜가 어디 있어요?" 하며 싱거운 농담을 던졌다. 가서 잘 지내시라며 등을 어루만져드리고는 병실을 되돌아 나왔다. 되돌아 나올 때 무슨 특별한 이별이라도 한 것처럼 마음이 비 맞은 외투마냥 무거웠다.

나는 마음의 미동이 쉽게 오는 편이라서 의사 생활을 시작한 뒤로는 내 마음 위에 차단막을 쳤다. 그래서 환자분들과도 잘 친해지고 쉽게 가까워지지만, 사실상 만남과 이별엔 익숙하고 미동하지 않는 편이었다. 스스로 그렇게 믿고 있었다. 차단막이 잘 막아줬기에. 늘 내가 농담 반 진담 반 던진 말과 같이 나는 착한 사람은 아니지만 환자에겐 착한 사람이 되고 싶었다. 그런데 나도 모르는 사이에 오래 뵙는 환자분에겐, 특히 정이 든 환자분에겐 마음을 열고 있었던가 보다.

할머니가 가신다고 하니, 그리고 가서 왠지 지금보다 잘 지내지 못하시고, 나와 간병인 아줌마를 떠나 쓸쓸하게 수많은 할머니들 틈바구니에서 돌아가신다는 착각 아닌 착각이 들어 괜스레 가슴이 뭉클했다. 사실 나와 할머니는 만난 지 2주밖에 되지 않아서 개인적인 이야기도 나누어보지 못한 사이다. 나를 기억이나 할 수 있으려나 싶기도 한 분이었지만, 내겐 어느덧 의미가 남다르게 다가왔다. "나 다시 걷게 해줘. 다리 고쳐줘. 무거운 것도 들고 다닐 수 있게, 응? 이제 걸어 다닐 거야" 하는 할머니의 말에, 웃으며 "네!"라고 대답하지 못하는 전지전능하지 못한 젊은 의사는, 그렇게 할머니와의 작별을 고했다.

고개를 들어 쳐다본 흐린 하늘도, 오늘은 해맑게 햇살을 비춰주지는 못하겠다는 듯이 울상이었다. 앞으로 얼마나 수많은 환자를 만나고, 정을 주고, 떼고, 보내고, 마음 아파해야 하나를 생각하니 살짝 겁이 났다. 그렇다고 마음은 딱딱하게, 진료는 정확하게, 비인간적으로 들리는 멘트를 자연스레 날리는 의사가 될 자신도 없다.

종교는 없지만 내가 세상에 태어나 의사란 일을 하며 환자를 만나게 된 데에는 내게 이걸 헤쳐 나갈 능력이 있다고 신이, 세상이 이 자리를 내주었다고 생각한다. 또 한편으론 자리가 사람을 만든다고도 생각한다. 20대 중반 열정적이던 사랑을 해보았고 마음에 뿌리 내렸던 어느 여인과의 이별에 생살이 뜯기는 듯한 아픔을 겪기도 했었다. 환자와의 이별은 그것보다는 크지 않겠지 생각했지만, 근본적으로 뿌리내린 무언가를 뽑아낸다는 느낌은 다르지 않았다. 얼마나 많은 뿌리가 내릴 것이고 뽑힐 것인지, 다시 못 보는 그 사람의 앞날이 내 상상 속에서 안 좋은 쪽으로 흘러가, 아프고 힘들고 절망하고

별을 던지는 세브란스

무너질 것인지 상상만 해도 아찔하다. 그렇지만 나는 지금도 앞으로도 내 직업을 사랑하는 사람이 되고 싶다. 직업의 프라이드가 아니라 이 일을 하며 사람을 만나고 마음을 열고 관계를 맺으며 의사로서 병의 치료는 물론이거니와, 사람으로서 마음과 몸을 어루만져주고, 삶의 기운을 북돋아 주는 그런 사람이 되고 싶다.

슈퍼맨은 평소엔 신문기사 타이핑하느라 바쁘지만, 슈퍼맨 옷만 입으면 세상을 바라보고 악을 찾아서 물리친다. 내게 가운은 슈퍼맨의 옷과 같다. 평소엔 덤벙대고 가볍고 놈팡이처럼 빈둥대도 전혀 찔리지 않는 부끄러운 모습으로 있기도 하지만, 가운을 입으면 어느새 태도가 바뀌고 경건한 마음으로 환자의 치료를 고민하게 된다. 때론 단정히 출동하기도, 때론 자다 깨서 눈 비비며 부스스한 모습으로 출동하기도 하는 등, 쉽지만은 않지만, 적어도 아직은 어릴 적 내가 꿈꾸어오던 슈퍼맨과 같은 일을 하고 있어서, 그리고 그게 나만을 위한 것이 아니어서 나는 지금 행복하다.

하나님이 나에게
알려주신 것들

★

간호사 조윤미

나는 세브란스병원 투석실의 12년 차 간호사다. 지금 생각해보면 아무것도 몰랐던 신규 간호사였을 때부터 지금까지 어떻게 일해 왔는지 까마득하고 세월이 참 빠르다는 생각이 든다. 10년이 넘는 세월이 흘렀어도 나는 아직 부족한 부분이 너무 많은 사람인 것 같다. 그러기에 하나님께서는 나를 계속 변화시키려고 여러 경험을 하게 하심을 느낀다. 지금부터 나에게 큰 감명을 준 사건 두 가지를 나누려고 한다.

별을 던지는 세브란스

"유나야! 가서 포터블 오투(O2)좀 가지고 와 봐."

후배 간호사에게 말했다.

후배에게 환자 이송 시 사용하는 포터블 산소통을 가지고 오라고 시킨 것은 작은 커피 컵에 담긴 물속에서 활기차게 헤엄치고 있는 물고기에게 산소를 공급해주기 위함이었다.

이 물고기의 주인은 우리 병동에 입원해 있는 이강용 학생이다. 백혈병이라는 무서운 병에 걸렸음에도 불구하고 늘 해맑게 웃으며 의료진을 반긴다. 다른 암과는 다르게 백혈병은 중·고등학생의 나이에 걸리는 경우가 많아 그 연령대의 아이들이 종종 입원한다. 강용이를 보고 있으면 남동생처럼 느껴지고, 가슴 저 깊숙한 곳부터 저릿하고 숨 막히는 느낌이 든다. 빨리 골수 이식을 해서 완치가 되었으면, 하는 생각이 간절하다.

세상에 아픈 사람이 없었으면 하는 생각을 자주 한다. 특히 성인이 되기 전의 아이들, 자신의 꿈도 이루지 못해보고, 어쩌면 자신의 꿈이 무엇인지조차 찾지 못한 아이들이 아프지 않았으면 좋겠다고 생각한다. 비록 세상은 먹고 살기가 녹록치 않다지만, 그래도 생각보다 아름다운 곳이다. 그 속에서 즐겁고, 행복한 순간들을 마음껏 느껴봤으면 싶다.

강용이는 입원과 퇴원을 반복하며 항암치료를 받았다. 힘들 텐데

내색 한 번 하지 않고, 입원할 때마다 해맑게 웃으며 우리를 반겼다. 때로는 환자들을 돌보느라 지친 나를 웃게 하려고 "간호사 누나는 탤런트 ㅇㅇ을 닮은 것 같아요"라고 하였다.

그 날도 여느 때와 같이 이브닝 근무를 하기 위해 출근했을 때, 입원 명단에서 강용이의 이름을 발견했다. '항암치료를 하고 퇴원한 지 얼마 되지 않았는데 벌써 입원을 또 하나?'하는 생각을 하며 라운딩 할 준비를 하고 있었다. 그때 모니터에 응급실 카트를 타고 힘겨운 숨을 몰아쉬며 산소통까지 달고 온 강용이가 보였다.

강용이의 어머니 말로는 강용이가 퇴원해서 장어를 먹었는데 그게 잘못된 것 같다고 했다. 패혈증이었다. 항암치료를 받고 나면 호중구 수치가 떨어져서 면역력이 극히 약해지기 때문에 모든 것에 조심해야 하는데 기력을 회복하기 위해 먹은 장어 때문에 탈이 난 것 같았다. 강용이에게서 늘 볼 수 있었던 해맑은 웃음은 찾아볼 수 없고 힘겨운 듯 거친 숨만 몰아쉬며 불안한 표정을 짓고 앉아 있었다. 한눈에 보기에도 강용이의 상태가 심각해 보였다.

"강용아 괜찮니? 숨이 많이 차니?"

내 물음에 대답조차 할 수 없을 정도로 강용은 힘들어했고 어머니는 강용의 옆에서 이 모든 게 자신의 탓이라며 하염없이 눈물을 흘리고 있었다. 어떤 말로도 어머니를 위로할 수 없었다. 그건 어머니

별을 던지는 세브란스

의 탓이 아니라고, 말해주고 싶었지만 차마 입이 떨어지지 않았다. 나도 강용의 어머니를 안고 같이 눈물을 흘릴 뿐이었다.

두 아이의 엄마가 된 지금, 그 일을 생각하면 강용의 어머니가 어떻게 버텼을지 짐작조차 할 수 없다. 그런 병에 걸렸다는 사실조차 감당하기 힘들었을 텐데 항암치료로 떨어진 기력을 보충해 준다고 직접 데려가 먹인 장어 때문에 그렇게 되었으니, 어떤 말로도 위로가 될 수 없었을 것이다.

강용이 입원한지 이틀이 지났다. 점점 괜찮아지는 것 같았다. 분명 농담도 조금씩 하고 다시 웃기도 하는 모습을 보였다. 이틀간의 휴가 후에 다시 출근해서 본 강용의 상태는 더 심각해져 있었다. 산소 10리터 마스크를 하고 쌕쌕 힘겨운 숨소리를 내며 앉아있었다. 느낌이 좋지 않았다. 강용은 나를 보고 아무 말도 하지 않았다. 아니 할 수 없었던 것이다. 말조차 할 수 없을 정도로 힘들어 보였다. 저녁이 되었다. 강용이 나를 불러 가쁜 숨을 몰아쉬며 말했다.

"숨을……, 쉬기가 너무 힘들어요. 잠 좀……, 잘 수 있게 해 주세요."

그 모습에 눈물이 나오려는 것을 간신히 참고서 의사에게 전화했다. 강용이가 너무 많이 힘들어한다고. 검사(ABGA)결과도 좋지 않았다. 의사는 상황의 심각함을 인지하고 부모가 병실을 비운 사이인데도 강용에게 삽관법(Intubation)에 대해 설명하기 시작했다.

"자가 호흡으로 산소공급이 제대로 되지 않아 기도 삽관을 해
야 할 것 같습니다. 수면마취를 하고 기도에 산소공급을 하는
관을 넣어 인공호흡을 하는 게 좋을 것 같은데요."

강용이는 의사의 말에 숨을 몰아쉬며 아무 말도 못 하고 눈만 깜
빡거리며 쳐다봤다.

"그런 걸 결정하기에는 아직 어려서요."

내가 강용이 대신 대답했다. 그제야 의사는 강용이가 미성년자인
줄 몰랐다는 듯, 부모를 찾으러 밖에 나갔다.

"강용아, 네가 너무 노안(老顔)이어서 학생인 줄 몰랐나보다."

나는 일부러 웃으며 말했다. 강용이도 웃는 것처럼 보였다. 그것
이 마지막으로 보는 강용이의 웃음인 줄 그땐 몰랐다.

밖에서 의사와 상담을 한 부모는 삽관(Intubation)을 하기로 결정
한 것 같았다. 나는 무슨 정신으로 준비했는지 모르겠다. 이 고비를
이겨내고 살아줬으면 하는 마음뿐이었다.

수면 마취 유도제가 들어가고 강용이는 잠이 들었다. 편안해 보였
다. 의사는 삽관을 했다. 그러나 혈소판 수치가 너무 낮아서 기도에
서 계속 피가 나왔다. 피를 빨아 낸(suction) 뒤 돌아서면 다시 피가
흘렀다. 밤새도록 그 아이의 옆에서 피를 빨아내주고(suction) 싶은

심정이었다. 결국, 산소 수치는 60%에서 멈추고 오를 생각을 하지 않았다. 나는 기도하는 마음으로 퇴근했다. 가망이 없다는 것을 짐작했기에 허탈했다. 마지막 한 가닥 희망으로 하나님께 기도하면서 집에 왔는데 결국 새벽에, 1시간의 심폐소생술에도 불구하고 살아나지 않았다는 메시지를 받았다. 그 메시지를 보는 순간 눈물이 펑펑 쏟아졌다. 어쩌면 오늘 삽관을 하지 않았다면, 조금만 더 버틸 수 있을 때까지 버텼으면 며칠 더 살 수 있었지 않았을까? 가족들과 마지막 인사도 하지 못했을 텐데. 성급한 삽관 사용 결정은 아니었는지 모르겠다. 그러나 아무도 미래의 일을 예측할 수 없었기에 그 아이의 부모도 그런 결정을 했을 것이라는 생각이 들었다.

이제 다시는 강용이의 웃음을 볼 수 없다는 생각을 하니 가슴이 미어지는 듯했다. 처음 느껴 보는 감정이었다. 내가 맡았던 수많은 환자가 사망했을 때에도 이런 느낌은 없었는데, 밤새도록 같이 있어 주지 못한 것이 미안하고 또 미안했다. 어쩌면 내가 인간적으로가 아닌 사무적으로, 그저 하나의 직업인으로 일해오고 있었던 것이 아닌가 하는 생각이 들었다.

간호사는 그냥 직업이 아니고 봉사 정신이 있어야 하고 사람을 사랑하는 마음이 있어야 한다는 말을 들을 때 마음에 깊게 와 닿지 않았다. 그런데 이 일을 겪으면서 그 말의 뜻을 뼈아프게 느꼈다. 환자에 대한 책임, 사랑하는 마음을 더 많이 키우라고, 환자 편에서, 보호자 편에서 공감할 수 있는 마음을 가지라고, 강용이가 부족한 내게 가르쳐준 것이다.

때로는 예민하고 자기밖에 모르는 환자들, 앞으로도 수없이 만나게 되겠지. 그러나 그런 사람들도 이해하기 위해 노력하려고 한다. 품에 안을 수 있도록 해 보려고 한다. 그 사람들은 아픈 사람들이니까, 강용이처럼 고통만 받다가 하늘나라로 갈 수도 있는 사람들이니까.

"하나님! 부디 그 아이를 천국으로 데려가 주세요."

강용이가 내게 준 것은 많았지만, 내가 강용이를 위해 마지막으로 할 수 있었던 것은 기도밖에 없었다. 그리고 8년이라는 시간이 지난 지금도 난 그 아이를 잊을 수 없다.

그 후, 1년이 흘렀다. 여전히 나는 혈액암 병동에서 일하고 있는 간호사였다. 평상시와 다르게 마른기침이 자꾸 났다. 고등학교 때 결핵을 앓았던 병력도 있고, 친구의 형제 중 젊은 나이에 폐암에 걸려 하늘나라로 간 사람도 있어 불안한 마음에 폐 CT를 촬영했다. 직원인지라 진료를 받기 전에 미리 결과를 볼 수 있었던 나는 근무 중에 나의 CT 촬영 결과를 보았다. 당연히 '정상'이라고 쓰여 있을 것

별을 던지는 세브란스

을 예상했던 나는 결과를 보고서 깜짝 놀랐다. 온몸에 털이 쭈뼛 서는 느낌과 함께 심장이 엄청난 속도로 뛰기 시작했다.

결과지에는 "세기관지 쪽이 부분적으로 이유를 알 수 없는 붕괴가 일어나 기능을 하지 못하고 있다. 따라서 결핵이나 폐암이 의심되니 자세한 검사를 위해 기관지경 검사나 MRI를 권고한다"라고 쓰여 있었다. 자꾸 기침이 나는 게 이상하다는 생각이 들기도 했다. 어렸을 적 나는 죽음을 유난히도 무서워했다. 나의 소망은 가늘더라도 길게 사는 것이었다. 죽음을 생각하면 가슴이 뜨끔뜨끔할 정도로 두려웠던 나였다. 그래서 이 상황이 나를 더 두려움에 빠뜨렸다.

떨리는 손으로 수간호사에게 결과지를 들고 갔다. 내가 잘 못 본 것일 수도 있기 때문이다. 결과지를 본 수간호사는 표정이 심각하게 변했다. 수간호사의 표정을 본 나는 갑자기 눈물이 펑펑 쏟아졌다. 온몸이 뜨거워졌다. 선생님은 바로 다음 날 CT 판독을 제일 잘하신다는 호흡기내과 교수님의 외래 진료를 잡아주었다. 그날 퇴근 시간까지 어떻게 일을 했는지 기억도 안 날 정도였다. 부서원들과 수간호사 선생님이 나를 위해 기도해주었지만 나의 두려운 마음은 가시지 않았다. 외래진료를 받기까지 겨우 하루였지만, 그 하루는 나에게 있어 10년과도 같은 느낌이었다. 일하는 내내 계속 눈물이 나서 빨간 토끼 눈이 된 상태로 다니니 환자들이 오히려 나를 안쓰러워하며 위로해주었다. 체온을 재니 37.8도였다. 이젠 열까지 나니 점점 더 심각한 병이라는 확신이 들었다.

'항암치료를 하면 머리가 다 빠지겠지? 병원은 관둬야 하나, 아니면 휴직을 해야 하나? 당연히 우리 병원에 입원해야겠지, 엄마, 아빠한테 어떻게 말을 해야 할까?'

그 짧은 시간 동안 별생각이 다 들었다. 퇴근해서 집으로 돌아오는 길에 언니에게 전화를 걸었다. 언니에게 CT촬영 결과를 이야기했다. 언니도, 나도 같이 전화통을 붙잡고 펑펑 울었다. 너무 두려웠다. 이게 현실일까?

집으로 돌아온 나의 몰골을 본 엄마가 화들짝 놀라시며 얼굴이 왜 그러냐고, 일이 많이 힘들었냐고 물었다. 나는 엄마에게 아무 말도 할 수가 없었다. 그저 혼자 방으로 들어가 숨죽여 울고만 있었다. 일단 외래진료를 받고 확실해지면 이야기해야겠다고 생각했다.

자려고 누웠다. 몸은 피곤했지만 잠이 오지 않았다. 언니에게서 문자가 왔다.

두려워 말라 내가 너와 함께 함이니라. 놀라지 말라 나는 네 하나님이 됨이니라. 내가 너를 굳세게 하리라. 참으로 너를 도와주리라. 참으로 나의 의로운 오른손으로 너를 붙들리라.

자주 보던 성경 구절이었지만 처음 보는 느낌이었다. 이 성경구절을 본 순간 내 안의 두려움이 갑자기 사그라지기 시작했다. 모든 것을 하나님께 맡기기로 했다. 그러고 나니 긴장했던 몸이 풀리고 잠에 빠져들었다.

다음날 외래진료를 받기 위해 집을 나섰다. 어제보다는 기분이 좀 나아졌다. 그래도 두려운 마음은 남아있었다. 수간호사가 나를 위해 같이 가주었다. 참 감사했다. 외래 진료실로 들어가는데 심장이 또 쿵쾅거렸다. 교수님께서 직접 CT사진을 보셨다. 그러더니 아무렇지 않게 이야기 하셨다.

"예전에 앓았던 결핵의 흔적이네요. 영상의학과에서는 작은 것도 나중에 문제가 생기지 않게 하기 위해서 결과지에 이렇게 써 놔요. 내가 생각하기엔 그냥 놔둬도 될 것 같은데. 굳이 하고 싶다고 하면 기관지 내시경이나 MRI를 찍어 봐도 돼요. 내 생각엔 찍지 않아도 될 것 같네요."

나는 어제 하루 동안 뭐했지? 그야말로 혼자 영화를 찍었다. 울고 불고, 옆에 계신 수간호사 선생님과 동료들에게 걱정 끼친 것이 미안하고 너무 창피했다. 집에 오는 동안 웃음이 났다. 하나님께 정말로 감사했다. 나는 확실한 진단이 아니었는데도 이렇게 힘들었는데 확실히 진단을 받고 치료 받고 있는 환자들의 마음은 어떨까? 감히 상상할 수도 없었다. 그들의 상황이 나에게 닥치지 않은 이상, 절대 이해할 수 없는 일이었다. 나는 그런 환자들을 돌보는 사람이다. 지금까지 나는 그분들의 심정을 백 분의 일도 이해하지 못했을 것이란 생각이 들었다. 그들이 화내면 나도 같이 화내면서 그들을 이해하려고 하지 않았던 것 같다. 너무 미안하고 내 자신에게 화가 났다. 하나님께서 나에게 이분들의 마음을 좀 알라고, 너는 그냥 간호사가 아니라 내가 보낸 간호사라고 말씀하시는 것 같았다. 역시 하나님은 나를 가만히 내버려 두시지 않는다는 생각이 들었다. 그 또한 감사했다.

그 일이 있고서 몇 년 후, 나는 투석실에서 근무하게 되었다. 지금은 암 환자가 아니고 신장이 망가져서 투석을 받는 환자분들을 돌보고 있다. 신장투석 환자들은 만성이어서 신장 이식을 할 때까지 10년이고 20년이고 투석을 해야 하기 때문에 성격이 예민하기로 유명하다. 내가 전에 겪은 경험이 없다면, 나는 이분들을 깊이 이해할 수 없었을 것이다. 물론 지금도 이분들의 심정을 십분 이해한다고 말할 수는 없겠지만, 적어도 나는 하나님이 세우신 간호사이고 이분들을 위해 이곳에 보내졌다는 생각은 확고히 가지고 있다. 매일 투석실로 들어가기 전에 기도한다.

하나님 나에게 지혜와 기술과 부지런함을 주셔서 나의 지혜롭지 못함으로, 실수함으로, 게으름으로 인해 환자들에게 피해가 가지 않게 해주세요. 또한 고통받는 환자를 이해하고, 나아가 그들을 사랑하는 마음으로 최선을 다할 수 있게 도와주세요!

하나님께서는 여전히 이곳에서도 내가 나태해지지 않게 긴장하게 만드시지만 나는 그것이 싫지 않다. 한없이 감사할 뿐이다.

희대의
소망

★

목사 윤지은

강남세브란스병원에 들어오면 걸려 있는 여러 그림 중에 '주님의 옷자락'(김용성 작가)이라는 그림이 있다. 어느 한 여인이 앉아서 무리 중 한 남자의 옷자락 끝에 손을 대는 장면이 눈길을 사로잡는다. 수많은 의사들에게 고난을 당했으나, 참 치유자 되신 예수 그리스도를 만나 육신의 질병뿐만 아니라 영혼의 구원을 얻었다는 성경 속 한 여인에 대한 그림이다. 자신을 치료할 수 있는 누군가를 향한 그 여인의 간절한 소망이 여인의 손끝에서 전

별을 던지는 세브란스

해져 온다. 그 간절함은 아마 병원을 찾아오는 모든 환자들의 마음일 것이다.

강남세브란스병원에 수많은 여인들의 암을 진단하고, 수술하고, 치료하던 한 의사가 있었다. 그는 외과 의사로서 1년에 600여 명의 환자를 수술했던 누구보다 실력 있는 의사였고, 환자에게 최선을 다하던 의사였기에 많은 환자들이 따르던 의사였다. 그에게 오는 환자들의 심정이 바로 열두 해 혈루증 앓던 여인의 마음이었을 것이다. 그는 그 많은 환자들을 육체적 질병에서 벗어나게 해줄 수 있는 명의 중 한 사람이었다.

그러한 명의가 어느 날, 대장암 2기라는 진단을 받게 되면서 그 인생에 새로운 이야기가 탄생된다. 그 새로운 이야기는 그 명의 자신과 그 명의를 따르던 많은 환자들에게 새로운 차원의 치료와 회복과 소망을 가져다주었다. 그는 잘 나가는 의사, 병원의 중책을 맡은 보직자였으며, 스스로에 대한 자부심과 미래에 대한 꿈과 희망으로 가득 차 있었던 사람이었다. 그만큼 욕심도 많았다고 그는 고백하였다. 욕심뿐만 아니라, 자신의 삶에 대해서 누구보다도 자신감이 있었기에 암을 진단 받고 나서도 두려워하지 않았다. 암에 대한 전문가이며 많은 환자들을 치료해왔기에 자신에게 닥친 암도 극복할 수 있다고 믿었다. 하지만 그 믿음과 그 자신감이 얼마나 부질없었는지 그는 곧 깨닫게 되었다.

암이라는 질병은 누군가에 의해서 내 생명이 얼마나 남았는지에 대한 선고를 듣게 되는 아주 잔인한 병이다. 이희대 교수는 그 잔인한 선고를 해왔던 의사의 신분에서 이제 그 선고를 받는 환자의 신분에 처하게 되었다. 대장암 말기라는 의학적 선고는 그의 생명을 제한하고, 그의 삶에 두려움과 좌절감을 안겨주었다. 그러나 무려 열 번의 재발 가운데서도 신앙 안에서 평안과 소망을 경험하게 된 그는 더 이상 암이 우리 삶의 주인이 되고, 우리의 생명을 제한하도록 두어서는 안 된다고 느꼈다. 흔히 의사들은 암을 생명의 한계로 구분하는 인생의 4기 혹은 말기라고 표현한다. 그러나 생명의 주권이 하나님께 있음을 고백하게 된 이희대 교수는 그것을 '생명의 5기'라고 부르자고 이야기한다. 암에 대한 선고가 죽음의 두려움에서 넘어 새로운 생명을 시작하는 소망의 선포로 바뀐 것이다. 그가 환자들에게 전했던 회복과 생명의 선포는 치료자 되시며 구원자 되시는 예수의 선포와 같았다.

딸아 네 믿음이 너를 구원하였으니 평안히 가라(누가복음 8장 48절).

별을 던지는 세브란스

그가 처음부터 그런 소망의 기쁨을 누릴 수 있었던 것은 아니었다. 그는 누구보다도 암을 잘 알고, 환자를 치료해왔던 의사로서 자신이 암 환자가 되었다는 사실과 그것에 대항하여 어찌할 수 없음에 자존심이 상했다. 자신이 꿈꾸어 왔던 일들을 포기해야 한다는 현실 앞에 좌절했다. 그 많은 수술들을 행해왔지만, 자신의 병을 치료하기 위한 수술을 앞두고는 여느 환우와 같이 두려움과 염려에 휩싸이게 되었다. 수술 전날 밤, 병실에 앉아 밤새 죽음의 공포와 두려움과 싸우고 있는 의사를 상상할 수 있겠는가? 수많은 환자들을 수술해왔던 그가 느꼈던 두려움과 낙심과 공포는 의학적 한계 앞에 연약한 인간의 모습을 여실히 드러내었다.

그러나 그는 그렇게 발가벗겨진 듯한 공포 속에서 온전히 만나주시는 하나님을 경험한다. 마치 야곱이 자신을 죽이러 찾아오는 형, 에서를 만나기 전날 밤, 얍복 강가에서 기도하던 중에 하나님의 천사를 만나 씨름을 하였던 것과 같이 두려움 속에서 하나님을 만났고, 암이 전이 된 골반 뼈(환도뼈) 수술 후 발을 절게 되었을 때도 야곱과 같은 자신의 모습을 발견한다. 암세포라는 끈질기고 비정상적이고 파괴적인 생명체를 통해 욕심과 교만으로 가득 차 있었던 자신의 모습을 발견하였다. 그는 자신의 삶을 충동했던 무한한 욕심과 자기 신뢰와 자만을 회개하며 암의 속성을 가지고 있었던 자신의 삶을 돌이켜 보게 된다. 그것이 그가 말하는 암에 걸리지 않는 법이다.

지금까지 주렁주렁 차고 있던 주머니를 비우는 일이다.
안주머니에 있던 식탐을,
뒷주머니에 있던 분노를,
앞주머니에 있던 교만을 꺼내 놓아야 한다.
그 대신 나를 창조하신 분에 대한 감사와 사랑으로,
더불어 사는 이들에 대한 존중과 용서와 기쁨으로 채워야 한다.
이것이 누구나 예외 없이 언젠가는 죽게 되는 인생을
두려움 없이,
억울하지 않게,
가장 유쾌하게 살아가는 비결이다(『희대의 소망』, 47쪽).

그는 욕심과 분노와 교만으로 가득했던 삶을 회개하며 암이라는 지독한 질병 가운데에서 소망을 발견한다. 욕심 대신 감사와 사랑으로, 분노와 교만 대신 용서와 존중으로, 두려움 대신 기쁨으로 그의 인생을 채워가기 시작한 것이다. 그러한 삶의 태도는 의학적 한계가 주는 좌절감을 맛보고, 육체적 고통으로 인하여 제한된 삶을 살 수밖에 없음에도 불구하고, 그 속에서 누릴 수 있는 진정한 자유와 소

별을 던지는 세브란스

망을 허락하였다. 그는 투병 중에도 많은 환자들을 돌보며 그가 경험한 모든 것들을 함께 나누고, 그들 역시 자유와 소망을 누리기 원했다. 그래서 그는 의학적인 치료를 통한 육체적 치료뿐만 아니라, 영혼의 돌봄을 통해 암이라는 질병 속에서 절망하고 분노하는 자들에게 참된 치유와 회복이 무엇인지, 어떻게 고통을 견디어 낼 것인지 그 소망을 전하는 의사가 되었다. 투병 중 그가 보여준 삶의 모습은 의학적인 한계에 부딪혀 암이라는 질병으로 고통 받고 있는 환우들에게 뿐만 아니라, 바로 지금 육체를 지니고 있는 한, 유한하고 고통스러운 삶을 살아가고 있는 모든 사람들에게 소망을 주었다.

암은 특히 그 통증이 극심하여 말로 할 수 없는 고통을 겪을 수밖에 없게 하는 병이다. 그 고통은 누구도 대신할 수 없고, 이해할 수 없기에 외롭다. 그 외롭고 힘겨운 고통 가운데, 그는 이제까지 자신의 손으로 치유했던 모든 환자들의 심정으로 예수 그리스도의 십자가에 자신의 손을 대게 된다. 이길 수 없는 고통이 그를 사로잡을 때 십자가에서 당한 예수의 고통을 묵상한다. 찬양을 하였고, 기도하였고, 예배를 쉬지 않았다. 그는 의학의 도움뿐만 아니라, 예배와 기도, 믿음, 찬송으로 통증을 견디어냈다. 통증을 단순히 육체적 현상으로만 보지 않고, 영적인 싸움으로 보았다. 인간의 힘으로는 도저히 이겨낼 수 없는 질병을 대하게 될 때, 의학적 치료 기술과 모든 육체적 돌봄 위에 영적인 치유와 돌봄이 얼마나 중요한지는 그가 권하는 '암 환자를 위한 십계명'(『희대의 소망』 233쪽)을 통해서 알 수 있다.

1. 찬양하며 운동한다.
2. 욕심을 버린다.
3. 암 5기는 있어도 암 말기는 없다.
4. 암은 축복이다.
5. 꿈을 갖자.
6. 암을 전셋집으로 만들자.
7. 받기보다 오히려 섬기는 삶을 실천하자.
8. 새 생명의 소망을 갖자.
9. 씨 맺는 채소와 씨 있는 열매를 먹자.
10. 감사 기도를 드리며 기쁜 마음을 갖자.

그는 감히 '암은 차라리 축복'이라고 말했다. 암이 축복이라고 말할 수 있는 자는 지금 현재 그 암을 경험하고 있는 자뿐일 것이다. 암을 경험하지 않은 자들은 어떻게 암을 축복으로 경험하고 있는지 이해할 수 없으며, 그에 대하여 쉽게 이야기할 수도 없다. 그러나 열 번의 재발과 회복을 거듭했던 그가 말하는 축복은 단지 육체적인 치유

별을 던지는 세브란스

와 회복의 차원을 뛰어넘는다.

나는 불법 주차된 병에 굴복하지 말자는 소망을 품었다. 그것
은 반드시 완치되어 거리를 활보하고 다니겠다는 차원과는 다
른 것이었다. 가슴이 뜨거워졌다. (중략) 이제 나는 진료실에서
육체뿐이 아닌 영혼의 잘됨을 환자와 나눈다"(『희대의 소망』,
112-113쪽).

2013년 5월 16일, 그는 영원한 하나님 나라로 돌아갔다. 생명을
외치고, 소망을 부르짖던 한 외과 의사가 결국은 암에게 지고 이 땅
을 떠난 것인가? 아니다. 그는 죽어가는 그 인생을 두려움 없이, 억울
하지 않게, 가장 유쾌하게 살아가는 비결을 알았을 뿐만 아니라, 그
비결대로 살았던 사람이었다. 죽음의 순간까지 많은 환자들을 돌보
았다. 투병 전에는 환자의 몸과 마음을 잘 치료하고 돌보는 의사였다
면, 투병 중에는 환자의 몸과 마음과 영혼까지 치료하고 돌보는 의사
로 그의 사명을 다하였다. 암에게 하나님이 주신 소망을 내어주지 않
았고, 암에게 하나님이 주신 생명의 존귀함을 빼앗기지 않았다. 그가
남기고 간 삶과 메시지는 지금도 고통 가운데 간절히 생명을 소망하
는 이들에게 한 알의 밀알이 되어 그 열매를 기대하게 한다.

별을 던지는
세브란스

★

교수 정현철

별을 던지는 세브란스

의과대학생들에게 왜 의사가 되기를 원하느
냐고 물으면, 대부분은 어려운 상황에 처해있는 사람을 도움으로써
보람을 느낄 것으로 기대하기 때문이라고 한다. 그러면 실제 생과
사의 결정적 순간에 의사가 얼마나 관여하는 것일까? 암 환자들을
치료하면서 느낀 것은 이미 정해진 생명의 흐름에서 의료진의 역할

258

은 미미한 엑스트라에 불과하다는 것이다. 환자가 예정된 생사의 갈림길을 따르기 전에, 잠시 기대어 숨을 고를 수 있는 언덕마루만 되어도 충분히 역할을 한 것이다.

로렌 아이슬리의 〈불가사리를 던지는 사람〉을 보면 이런 이야기가 나온다. 어떤 노인이 저녁 무렵 해변을 산책하고 있었는데 저 멀리에서 뭔가를 집어서 계속 깊은 바다로 던지는 한 소년이 보였다. 가까이 가서 보니 소년이 던지는 것은 바닷가에 널려있는 썰물이 남기고 간, 별 모양의 불가사리였다. 노인이 소년에게 무엇을 하느냐고 묻자, "불가사리를 살려주는 것이에요. 바다로 가는 강한 물결을 만나면 살 수 있지만, 만일 내일 아침 밀물이 올 때까지 여기 있으면 모두 죽어요"라고 대답했다. 노인이 "이 많은 것을 다 어떻게 살려? 수만 마리인데, 한두 마리 살려서 무슨 의미가 있겠어?"라고 물었다. 소년은 웃으면서 다시 불가사리를 던지면서 말했다 "그래도 얘들에게는 큰 의미가 있지요. 좀 도와주시겠어요?"

이 이야기는 우리에게 두 가지의 의미를 전해준다. 첫째, 의료진은 불가사리를 던져주는 사람이 아니고 불가사리들이 해변으로 밀려오지 않도록 일시적인 버팀목이 되어주는 동료 불가사리라는 것이다. 썰물이 올 때까지 서로 부둥켜안고서 버티는 것이다. 힘이 부쳐서 해변으로 밀려오게 되면 예수님이 깊은 바다로 던져주셔야 살

수가 있다. 의료진 역시 예수님이 던져주셔야 살 수 있다. 그러기 때
문에 세브란스병원으로 밀려온 불가사리들을 예수님께서 깊은 바
다로 던져 별을 만드시도록 세브란스병원은 의료선교의 장손이라
는 기억을 회복해야 한다.

옛날을 기억하라. 역대의 연대를 생각하라. 네 아버지에게 물으
라. 그가 네게 설명할 것이요, 네 어른들에게 물으라. 그들이 네
게 말하리로다(신명기 32장 7절).

국립대학병원을 제외하면 우리나라의 전통 있는 민간병원들 대
부분은 19세기 기독교 선교 초기에 외국 선교사들에 의해 설립되
고 발전하였다. 최초의 개신교 의료선교기관인 광혜원은 민관합작
으로 설립되었으며, 이는 세계 선교 역사상 커다란 사건이다. 광혜
원이 민영의료기관인 세브란스병원으로 발전하면서 한국에 도착
한 미국 선교사들에게는 교파를 불문하고 세브란스병원이 일차적
인 활동처가 되었다. 세브란스병원에서 한국의료선교 적응훈련을
받는 등, 세브란스병원은 한국의료선교의 가장 큰 구심점이 되었다.
대표적인 예로 1940년 11월 평양연합기독병원의 미국 감리회 선
교사들이 철수하게 되자, 병원 이사회는 세브란스병원의 김명선(金

별을 던지는 세브란스

明善) 교수를 원장으로 선임하여 1945년 해방 때까지 세브란스의전 교수와 평양연합기독병원 원장을 겸임하게 하였다.

그 후, 130여 년간 세브란스병원은 최초에서 최고로 발전하였다. 그러나 발전에는 반대급부가 있기 마련으로, 의료의 눈부신 발전에 비해서 대외선교의 발전은 상대적으로 미약하였다. 대내적으로는 원목실 개원, 의료선교센터 설립, 대외적으로는 몽골 연세 친선병원 개원, 해외선교사 건강관리 등 최초의 기억들을 만들어왔지만, 한 세기 넘게 쌓아온 한국 의료선교의 구심적 역할은 빠르게 잊히고 있을 뿐 아니라 교직원의 관심사에서도 멀어지고 있다. 대한기독병원협회의 맏형 역할을 해야 함에도 불구하고 교직원들은 이런 단체가 있는지도 잘 모른다. 이보다 더 심각한 점은 국민들이 우리나라 최초의 기독병원이 세브란스병원임을 모를 뿐 아니라, 기독교인들조차도 세브란스병원이 우리나라 의료선교의 시작점이었음을 모른다. 우리 모두에게서 우리가 태어난 근원을 빠르게 잊는 집단 기억상실의 증상이 나타나고 있다. 세브란스병원이 의료선교의 장손 역할을 다시 하기 위해서는 너무 멀리 갈 것 없다. 지금 있는 자리에서 모든 것을 시작할 수 있다. 잊혀가는 우리의 기억을 다시 찾고, 그 기억을 우리 국민들에게 올바로 전하고, 국민과 함께 새로운 기억을 만들어 가면 된다. 듣고 싶지 않은 말도 들을 수 있어야 하고, 계획되지 않은 일도 할 수 있어야 한다. 사랑받는 기관에서 사랑하는 기관으로 한 걸음 더 나아가면 된다. 1885년 의료선교를 시작할 수 있었던 터닝 포인트를 지나 이제는 마음을 비운 상태에서 폭풍 성장점을 만드는 티핑 포인트가 필요한 시기이다.

둘째는 시도하지 않은 일은 결코 이루어지지 않는다는 것이다. 아무리 작은 노력이라도 무관심 보다는 낫다. 세브란스병원의 역사가 우리의 기억에서 사라지는 이 시기에 교직원 모두가 하나같이 우리의 역사를 기억하고 주변 사람들에게 기억을 전하여, 이를 기반으로 21세기의 기독병원 리더십이라는 새로운 기억을 함께 만들어야 한다. 우리는 세브란스와 만나서 긴 세월을 함께 하였다. 다시 만날 수 있을까를 염려하지 말고, 다시 만나고 싶으면 기억을 완성시켜야 한다. 세브란스가 없어지면 설사 내가 다시 태어나도 만날 수가 없기 때문이다. 전국에 있는 기독병원들이 의료선교를 통해 복음을 전하고 해외에까지 의료선교를 펼칠 수 있었던 것은 바로 세브란스병원이 한국의 의료선교초기에 선교사들의 고향이자 의료선교의 모델이 되었기 때문이다. 시간은 모두에게 찾아온다. 모두에게 공평하게 찾아오는 시간을 질서 있는 역사로 배열하여 후대에 반짝이는 별로 넘기는 것이 지금 세브란스병원에 모여 있는 불가사리들이 할 일이다.

별을 던지는 세브란스

여전히 엘리스(Still Alice) – 기억 되찾기

우리는 살아가면서 수많은 기억을 쌓아간다. 개인적인 경험, 사람들과의 소중한 추억, 다음 시대를 위한 지식과 지혜까지. 그러기에 기억한다는 것은 존재한다는 것과 동의어이다. 지난 130여 년간 쌓아온 소중한 기억이 세브란스병원에 있어서는 가장 큰 재산이다. 숨 가쁘게 변하는 세태 속에서 이 세상의 일부가 된다 하더라도 과거의 기억은 예전과 같은 세브란스병원으로 존재할 수 있는 근거를 마련해 주기 때문이다. 그런데 이 소중한 기억들은 순간적으로 깜빡 잊히는 것이 아니고 매우 빠르게 빠져나가 사라지고 있다. 다른 대학 출신의 교직원은 세브란스병원의 역사를 모르는 것을 당연시하며, 본 대학 출신의 교직원조차도 보직을 맡는 기간에만 피상적으로 우리의 뿌리에 대해 관심을 갖다가 이내 잊고 만다. 우리의 이러한 증상은 우리에 대한 타인의 의식을 바꾸며, 우리 스스로에 대한 우리의 인식도 변하게 한다.

무엇이 세브란스병원을 세브란스병원답게 할 것인가? 기억상실의 세월 속에서 여전히 세브란스병원으로 남기 위해서는 어떻게 해야 할 것인가? 냉철하게 우리의 새로운 환경을 인정하고 그에 대한 대책을 차분하게 준비할 시기가 되었다. 그래야만 기억상실의 속도를 줄이고 그에 따른 고통을 감소시킬 수 있다. 우리의 자아를 유지하기 위해서는 세브란스병원에 초기 세브란스병원의 활동을 기억하는 이들이 많아야 한다. 즐거운 이야기든 가슴 아픈 이야기든 입술을 달싹이며 세브란스병원에서 일어난 이야기를 열심히 반복하면서 기억을 되찾아야 한다. 잃은 기억을 되찾기 위한 습관적이고도 본능적인 중얼거림이 필요하다.

세브란스병원이 쌓아온 기억 속에서 세브란스가 최고였다고 한다면, 그 빛에 의해 만들어진 그림자가 얼마나 어두웠는지도 기억해내야 한다. 허물을 벗지 않는 뱀은 결국 죽는 것처럼 우리도 성과의 기억 속에서만 갇혀 있으면 성장은 고사하고 환기가 안 되어 내부에서부터 썩기 시작해 끝내 죽고 만다. 늘 새로워지기 위해서는 사고의 신진대사를 할 수 있어야 한다. 바닷물이 썩지 않는 이유가 2.7%의 소금 때문인 것처럼, 헌신한 사람들에 의해 세브란스병원의 역사는 환기와 환풍이 잘되는 환경에서 지켜져야 한다. 승리 DNA의 클래스는 어디에도 가지 않지만 하루아침에 만들어지는 것도 아니다. 유전자내에 강한 기억을 심어놓아야 후대에 고스란히 전해진다. 우리 자신의 존재 이유를 기억하고, 눈에 보이지 않는 '세브란스의 문화'를 따라 역사와 추억을 만들어가는 세브란스병원을 지켜볼 수 있다는 사실만으로도 마음이 풋풋해질 것이다.

별을 던지는 세브란스

노트북 – 기억 전하기

세브란스병원의 뿌리는 조선이 어디에 있는 나라인지도 모르고, 심지어 미국에서 조선으로 오는 편지의 겉봉에 '일본국 조선' 혹은 '중국 조선'이라 쓰일 때부터 시작되었다. 당시 미국인들은 조선이 중국이나 일본에 속한 어느 섬이라고 생각하였던 것이다. 우리의 기억에는 심리적 면역체계가 있어서 가슴으로 잊지 못하는 사랑과 기억을 다듬어 전하는 노력이 매우 어렵다고 하지만, 우리 곁에 있는 사랑하는 사람들에게 매일 우리들의 아름다운 추억을 전해야만 할 것이다. 점점 잊혀가는 소중한 추억을 매일 꺼내며 희미한 느낌이나마 세브란스병원에서의 활동은 내가 아니고 예수님과 함께하는 사람들과 같이 했다는 기억을 회복시켜야 한다. 그렇지 않으면 원하는 기억의 일부분만 남긴 채 시간이 지날수록 변형되고 마침내 소멸될 것이다.

현재 세브란스병원을 지키는 사람들에게 역사의 조약돌로 쌓아온 꿈을 전하고, 이 꿈이 만들어낸 무지갯빛을 느끼게 해야 한다. 그리고 일회성으로 끝날 것이 아니라, 우리들 마음의 옹달샘에 이 기억들을 넣어두고 아련한 기억에 대한 목마름이 있을 때면 언제든지 길어 올려 되새기는 즐거움도 전해야 한다. 세브란스병원에서 느꼈던 아름답던 날들을 우리 모두가 함께 즐길 수 있도록 잊힌 추억을 다시 찾아낼 수 있어야 한다. 타이타닉은 전문가가 만들었지만 노아의 방주는 아마추어가 만들었다는 점을 기억할 필요가 있다. 배를 만들려면 배 만드는 법만 가르칠 것이 아니라 대양을 보여주고 항해하는 법을 가르쳐야 하는 것처럼 세브란스병원의 역사를 보이고 비전을 공유함으로써 하루하루 세브란스 정신을 기억하도록 만들어야 한다.

그대를 사랑합니다 – 기억 만들기

긴 세월을 늘 함께한 암 환자와 가족들은 병으로 이별하는 상황을 매우 힘들어한다. 환자가 먼 길을 혼자 가기 힘들어하는 것을 잘 알기에 가족들은 끝까지 함께하는 길을 택함으로써 마음의 평온과 사랑을 얻는다. 떠나는 환자의 마음도 고통스럽지만 남는 가족 역시 그 고통은 누구와 나누기 힘들다. 남게 된 가족은 인생을 통해 더 이상 할 수 있는 삶의 과제가 없는 시간이 다가오면 더욱 방황하게 된다. 인생은 무의미하게 반복되는 날이 아니라 살아야 할 이유가 있어서 이어지는데, 그 이유를 찾지 못하고 삶의 공허함 속에서

별을 던지는 세브란스

극한 결정을 하게 된다. 핵가족이 되면서 이러한 현상이 더욱 급박하게 나타난다. 그러기에 내일을 살고 싶은 삶을 선택할 수 있도록 세브란스의 여백이 환자가족들의 가슴속에 밝은 추억으로 새겨져야 한다.

병원을 이용하는 환자들은 경험을 중시하므로 병원에 다닐 때 느낀 기억은 강렬하게 남는다. 환자들은 각자 다른 시야에서 그들만이 볼 수 있는 것을 보는 경향이 있다. 그러므로 세브란스병원에서 태어난 새 생명에 감사하고, 영면하는 이의 가족에 대한 아름다운 기억이 대를 넘어 이어지도록 해야 한다. 가슴으로 세브란스병원을 기억하는 사람들이 모두 세브란스인이다.

서로 돕고 전체를 위해 자신을 희생하는 개체가 많은 종이 생태계에서 승자가 되는 것은 자연의 선택이자 진화과정이다. 어려울 때 받은 다정한 말 한마디가 희망의 빛이 되며, 그 빛을 경험한 사람은 자신이 소중한 존재로 여겨졌던 순간을 기억하고, 그 빛을 향한 여행을 시작한다. 타인을 배려하는 여정이다. 이처럼 사람들의 마음속에 잠재되어 있는 배려의 씨앗을 찾아내어 수확하는 법을 기억시키는 것이 세브란스의 정신이다. 채워지지 않는 허전함과 빈자리에 대한 슬픔을 치유 받는 것이 세브란스병원에 대한 기억이어야 한다.

세상은 마음의 문에 기대어 서로 상대를 느끼면서 각자 고유한 색의 기억을 덧입히고 그 추억을 나누는 곳이다. 잊힘과 그리움 사이에서 그날이 있어 오늘이 있고, 그날 모든 것이 시작되었음을 같이 기억하고 미래를 나누는 연습이 필요하다. 동서양을 막론하고 사람의 마음을 얻는 것이 세상사의 처음이자 끝이다.

세브란스에서 근무하는 의료진 모두는 썰물에 밀려온 불가사리를 예수님이 푸른 바다에 던져줄 때까지 온몸으로 감싸주는 일꾼들이라는 것을 잊어서는 안 된다.

별을 던지는 세브란스

연세의료원의 정신을
계승, 발전시키는 청지기

　　　　　　신촌캠퍼스에서 14년을 일하다가 의료원 캠퍼
스로 와서 일한 지 2년하고 7개월이 지났습니다. 처음에는 의료원
이 낯선 곳이라서 얼떨떨했지만, 1년, 2년이 지나면서 의료원은 나
에게 감동과 도전 그 자체로 다가왔다고 말하고 싶습니다. 2015년
가을 의료원 감사강평회 때의 일입니다. 회계법인의 한 인사가 감사
결과를 정리하면서 세브란스병원의 초진환자 수입이 다른 대형병
원에 비해서 상대적으로 낮다고 지적했습니다. 그 지적은 사실 초진
환자로 인한 수입을 극대화하라는 요구였습니다. 그때 정남식 당시

의료원장님께서 이렇게 말씀하셨습니다.

"우리 세브란스병원은 초진환자에 대해 꼭 필요한 검사만 합
니다."

정 의료원장님의 짧은 대답에 '꽝'하는 부딪힘과 함께 큰 감동이
밀려왔습니다. '우리 세브란스병원은 환자에게 필요 없는 검사는 안
하는구나. 다른 병원에서 이미 검사한 자료가 있으면 그것을 활용하
고 있구나. 그렇게 해서 환자에게 부과되는 의료비용의 부담을 가능
한 한 줄여주는구나'라는 생각으로 이어졌기 때문입니다.

우리 세브란스병원에는 다른 대형병원에는 없는 재활병원이 있
습니다. 중증 재활환자들이 언제나 입원하기를 원하는 병원이 바로
우리 세브란스병원의 재활병원입니다. 병상이 170베드나 있는데
도, 입원하기를 원하는 환자들을 다 수용하지 못합니다. 저는 다른
대형병원에 없는 재활병원이 왜 우리 세브란스병원에는 전문병원
으로 존재하는지 처음에는 잘 몰랐습니다. 시간이 지나면서 재활병

원은 재활환자들에 대한 의료수가의 문제로 인해서 적자를 볼 수밖에 없는 병원이라는 것을 알게 되었습니다. 그런데도 세브란스병원은 재활병원에 시설을 투자하고 확장하고 있습니다. 이는 수익률 창출보다는 중증 재활환자들의 필요에 응답하기 위한 노력이라고 말할 수 있습니다. 저는 중증 재활환자들을 위해서 적자를 기꺼이 감수하는 재활병원이 우리 연세의료원 안에 있어서 자랑스럽습니다.

한편 세브란스병원의 응급실에는 매년 보호자나 후견인 없이 실려 오는 환자들이 수백 명에 이릅니다. 그들 가운데는 긴급하게 치료하지 않으면 안 되는 환자들이 적지 않은데, 치료비를 감당할만한 능력이 전혀 없는 사람들도 있습니다. 그래서 우리 연세의료원의 원목실은 선한 사마리아인이 강도를 만난 사람에게 자신의 것을 아낌없이 나누어 치료를 도와준 것처럼, 무방비상태에서 아무런 연고 없이 그저 긴급한 도움만을 기다리는 환자들을 돕기로 결정했습니다. 그래서 '한국교회와 함께 하는 선한 사마리아인 SOS 프로젝트'라는 이름하에 중대형 교회와 관심있는 개인 기부자들로부터 매년 1억 4천만 원 내외의 후원을 받아서 적게는 몇십만 원에서 많게는 오백만 원까지 치료비를 지원하고 있습니다. 얼마 전에는 불법노동자로 일하던 네팔인이 응급실에 실려와 수개월을 치료받느라 엄청난 비용이 나왔는데, 네팔 대사관에서 치료비를 도울 수 없다고 해서 그를 위해 천만 원을 지원하기도 했습니다. 언젠가 제가 교계의 어느 목사님께 '선한 사마리아인 SOS 프로젝트'를 소개했더니, 그분께서는 "역시 세브란스는 기독교병원으로서 세브란스답습니다"라고 말씀하시면서 곧바로 후원을 해주셨습니다. 나는 우리 연세의료원을 확고하게 받쳐주는 정신적 토대를 1885년 4월 10일 광혜원의 개원으로부터 제중원을 거쳐서 지금까지 이어지고 있는 기독교 정신이라고 생각합니다. 지난 132년 동안 연세의료원에서 발현되어 꽃피고 있는 기독교 정신이 무엇인지를 하나하나 정리해보는 것은 그 구성원들의 과제일 것입니다.

별을 던지는 세브란스

첫째로, 연세의료원의 기독교 정신은 구성원 한 사람, 한 사람을 하나님께서 친히 부르셨다는 소명의식(Calling)입니다. 하나님께서는 중국에서 힘겹게 사역하던 의료선교사 알렌(Horace N. Allen) 박사를 미국 공사관의 공의(公醫)로 부르시어 한국 의료선교의 물꼬를 트셨습니다. 어린 시절부터 인도선교를 꿈꾸며 준비하던 언더우드(Horace G. Underwood) 목사를 척박한 조선 땅으로 부르시어 복음전파의 열정으로 가득한 최초의 목회자 선교사로 삼으셨습니다. 캐나다 토론토대학교 의과대학의 교수이자 토론토 시장의 주치의였던 에비슨(Oliver R. Avison) 박사를 부르시어 안락한 삶의 환경과 명예를 뒤로하고 의사가 절실했던 우리나라에 와서 세브란스 의학전문학교와 연희전문학교의 초석을 쌓게 하셨습니다. 제이콥슨(A. P. Jacobson) 선교사를 부르시어 제중원 최초의 간호사로 일하게 하셨고, 그녀를 이은 쉴즈(Esther L. Shields) 선교사를 부르시어 세브란스병원의 간호원양성소를 설립해서 많은 간호사들을 배출하게 하셨습니다. 또한 하나님께서는 목사의 아들이었던 쉐플리(William J. Sheifley) 박사를 부르시어 치의학의 불모지를 개척하게 하셨고, 부츠(J. L. Boots) 박사를 부르시어 치과병원의 신축과 함께 큰 발전을 이루게 하셨습니다.

이처럼 연세의료원의 초창기 선교사들은 하나같이 하나님께서 자신을 부르셨다는 소명의식을 갖고, 잘 알려지지도 않았던 척박한 나라에 와서 헌신의 열정을 불살랐던 분들입니다. 지금 연세의료원에서 일하는 우리 교직원들 한 사람 한 사람도 수많은 사람들 가운데서 하나님의 부르심을 받아 일하는 사람입니다. 많은 사람들이 연세의료원에서 일하기를 원하지만 기회를 얻지 못한 사람들이 더 많기 때문입니다. 나는 안산 자락을 거쳐서 의료원으로 출근을 할 때마다 마음에서 우러나는 감동을 느낍니다. '어찌 나처럼 부족한 사람이 명문 연세대학교의 의료원에서 교수로서 또 원목실장 겸 교목실장으로서 일할 수 있단 말인가?' 의료원은 나에게 분에 넘치는 일터

별을 던지는 세브란스

라는 생각을 떨칠 수가 없습니다. 우리 의료원을 잘 모르는 사람들은 "연세의료원에는 주인이 없다"라고 말하지만, 실제로 연세의료원의 주인은 하나님이십니다. 연세의료원은 역사 속에서 하나님의 섭리와 인도하심으로 세워졌고, 지금도 하나님의 도우심으로 존재하고 있기 때문입니다. 연세의료원의 교직원들은 외형적으로는 사람들 앞에서 일하고 있지만, 실질적으로는 자신을 부르신 하나님 앞에서 일하는 것임을 기억해야 합니다. 우리가 하나님 앞에서 일하는 것이라면, 대충대충 일할 수 없습니다. 사람의 눈은 피할 수 있더라도, 하나님의 눈은 어떤 경우에도 피할 수 없기 때문입니다. 그러므로 우리 연세의료원의 교직원들은 하나님의 부르심에 감사하면서 자신에게 맡겨진 일이 무엇이든, 그 일이 크든 작든, 그 일이 쉽든 어렵든, 열과 성을 다해서 충성스럽게 감당해야 할 것입니다.

둘째로 연세의료원의 기독교 정신은 어떤 사람도 차별하지 않고,

사랑으로 돌보는 보편적 돌봄의 정신(Caring)입니다. 예수님께서는 누구도 차별하지 않고, 동일한 사랑으로 돌보셨습니다. 유대인과 이 방인, 헬라인과 야만인, 부자와 가난한 자, 건강한 자와 병든 자, 남성과 여성, 성인과 어린아이 등, 모든 관습적인 차별을 허무셨습니다. 더욱이 세리와 창기, 각종 병든 자와 가난한 자, 여성, 어린아이 등 소외받던 사람들이 예수님 앞에서는 우선적으로 환영을 받았습니다. 연세의료원의 초기라 할 수 있는 '광혜원'(廣惠院)과 '제중원'(濟衆院)에서는 상놈도, 여성도, 어린아이도, 가난한 사람도, 차별 없이 동일한 치료를 받았습니다. 광혜원은 이름 그대로 널리 은혜를 베푸는 병원이었고, 제중원도 이름 그대로 누구라도 질병으로부터 구제를 받을 수 있는 병원이었습니다.

광혜원과 제중원에서는 양반이나 정부 관리, 또는 부자라고 해서 우선적인 치료를 받거나 특별한 대접을 받지 않았습니다. 의료진은 환자들이 온 순서대로 번호표를 주고, 번호표의 일련번호에 따라서

별을 던지는 세브란스

동일하게 치료를 했기 때문입니다. 에비슨 박사는 왕의 주치의로서 왕을 치료하던 손으로 인간 이하의 취급을 받던 백정들에 대해서도 같은 마음을 갖고 최선을 다해서 치료했습니다. 그는 세상의 모든 사람이 예외 없이 하나님의 형상으로 지음을 받은 존귀한 존재들임을 알았기 때문입니다. 그러므로 우리 연세의료원의 교직원들은 인종, 국적, 종교, 이념, 신분, 성별, 빈부 등 그 어떤 요인으로도 환자를 차별하지 말아야 할 것이고, 특히 국내외의 가난하고 소외된 환자들에 대해서 더욱 최선을 다하는 보편적인 돌봄을 실천해야 할 것입니다.

셋째로 연세의료원의 기독교 정신은 자신의 것을 아낌없이 주는 나눔의 정신(Contributing)입니다. 제중원의 원장이었던 에비슨 박사는 1900년 봄 안식년에 미국의 선교대회에서 보고를 하던 중 가난한 조선 땅에 제대로 설비를 갖춘 현대식 병원이 필요하다고 호소했습니다. 마침 그 자리에 있던 사업가 세브란스(Louis Severance) 장로가 공식 행사가 끝난 후에 에비슨 박사를 만났습니다. 에비슨 박사로부터 보다 자세한 설명을 들은 사업가 세브란스(Louis Severance) 장로는 그 후에 1만 불의 기금을 기부하기로 약속했습니다. 이로 인해서 에비슨 박사는 세브란스 장로를 만나서 매우 고마워하며 이렇게 인사했습니다.

"세브란스 씨, 이 좋은 선물을 주신데 대해서 우리는 당신께 감사를 드립니다. 그로 인해 우리는 매우 행복합니다. 한국의 병든 사람들에게 큰 은혜가 될 것입니다"(We want to thank you, Mr. Severance, for this fine gift. It has made us very happy, for it will be a great boon to the sick people of Korea).

그러자 세브란스 씨가 대답했습니다.

"그것을 받는 당신들의 행복보다 주는 나의 행복이 더 큽니

별을 던지는 세브란스

다"(Well, you are not happier to receive it than I am to give it).

세브란스 장로는 1만 불의 시드머니 이외에도 더 많은 45,000불 이상을 계속해서 기부했고, 지금도 그의 아들이 만든 미국장로교회 펀드의 수익에서 기부금이 입금되고 있습니다.

우리가 사는 세상에서 보통 사람들은 공짜를 좋아합니다. 공짜라면 양잿물도 마신다는 말이 있습니다. 우리 주변에는 자신의 것을 모으기 위해서 혈안이 되어 있는 사람들 역시 적지 않습니다. 그러나 예수님께서는 "주는 것이 받는 것보다 복이 있다"(행 20:35)라고 말씀하셨습니다. 우리가 가진 재능, 부, 지위 등 흔히 우리의 것이라 할 수 있는 것들은 사실 우리의 것이 아닙니다. 하나님께서 그것을 필요로 하는 사람들과 나누도록 우리에게 일시적으로 맡기신 것들이기 때문입니다. 나는 연세인 연합채플에 오신 김동호 목사님께서 전했던 메시지를 잊을 수가 없습니다. "연세인 여러분, 여러분은 노력하지 않으면 5,000명을 등쳐먹을 사람들이 될 것입니다. 그러나 여러분이 노력하면 여러분은 5,000명을 먹여 살리는 사람들이 될 수 있을 것입니다"라고 말씀하셨습니다. 바로 이것이 세상 사람들이 우리 연세인과 세브란스인들에게 기대하는 기대치라고 여겨집니다. 그러므로 우리 연세의료원의 교직원들은 자신의 재능과 물질, 자신의 시간을 환우들과 이웃들에게 나누어 주며, 자신의 책임을 다하는 것을 행복과 기쁨과 보람으로 삼아야 할 것입니다.

넷째로 연세의료원의 기독교 정신은 선을 향해서 나아가는 개척의 정신(Creating)입니다. 정연희 작가가 그녀의 소설 〈양화진〉에서 작가의 상상력을 갖고 쓴 언더우드 선교사의 기도문을 보면, 믿음 위에 기초한 개척의 정신을 잘 볼 수 있습니다.

주님, 저희가 해야 할 일이 보이지 않습니다. 그러나 주님, 순종

별을 던지는 세브란스

하겠습니다. 겸손하게 순종할 때 주께서 일을 시작하시고, 그 하시는 일을 우리의 영적인 눈이 볼 수 있는 날이 있을 줄 믿나이다... 지금은 우리가 황무지 위에 맨손으로 서 있는 것 같사오나, 지금은 우리가 서양 귀신 '양귀자'라고 손가락질받고 있사오나 저들이 우리 영혼과 하나인 것을 깨닫고, 하늘나라의 한 백성, 한 자녀임을 알고 눈물로 기뻐할 날이 있음을 믿나이다. 지금은 예배드릴 예배당도 없고, 학교도 없고, 그저 경계의 의심과 멸시와 천대함이 가득한 곳이지만, 이곳이 머지않아 은총의 땅이 되리라는 것을 믿습니다.

이처럼 언더우드 선교사의 선교활동은 믿음의 조상 아브라함이 가야 할 곳을 제대로 알지 못했지만, 믿음 하나로 담대하게 개척하며 나아갔던 것과 일치합니다. 우리 연세의료원의 개척자 가운데 한 분이신 에비슨 박사나 그분의 제자 김명선 선생께서 늘 암송하던 성경 구절 가운데 하나가 갈라디아서 6장 9절, "낙심하지 말고 꾸준히 선을 행합시다. 꾸준히 계속하노라면 거둘 때가 올 것입니다"라는 말씀입니다. 당장의 결과가 없다고 하더라도 그것이 선을 위한 일이라면 믿음으로 꿋꿋하게 나아가도록 격려하고 도전하는 말씀이었기 때문입니다.

연세의료원은 1885년 최초의 서양식 병원으로 출발한 기독교 의료기관이며, 우리나라 최초로 의사교육을 시작해서 1908년 우리나라 최초의 의사 7인을 배출한 의학교육기관입니다. 서양식 병원이나 의학교육과 관련해서 최초의 것은 대부분 우리 연세의료원에서 비롯되었다고 해도 과언이 아닙니다. 그러나 우리 연세의료원의 최초는 '최초'라는 사실 하나에만 머물지 않고, 언제나 최고와 최선을 지향하면서 기어이 최고와 최선을 이루어왔습니다. 언제나 선구자적인 개척정신을 갖고 대한민국은 물론이고 세계의 의료계를 개척하며 선도했습니다. 우리 연세의료원이 걸어가는 길은 오래지 않아

별을 던지는 세브란스

한국 대부분의 의료기관들이 따라오는 모두의 길이 되고 있습니다. 그러므로 우리 연세의료원의 교직원들은 선배들이 보여준 개척정신을 계승하여, 현상유지에 안주하지 말고, "하나님의 사랑으로 인류를 질병으로부터 자유롭게 한다"라는 사명을 이루기 위해서 진료, 교육, 연구, 봉사, 선교 등 모든 분야에서 불철주야로 선도적인 노력을 감당해야 할 것입니다.

끝으로 연세의료원의 기독교 정신은 협력(Cooperating)의 정신입니다. 언더우드 선교사는 의사가 절실한 조선 백성을 위하여 에비슨 박사의 마음을 움직여서 의료선교사가 되어 조선 땅에 오도록 했고, 두 사람은 동지적인 관계를 설정함으로 언더우드 선교사의 사후에까지 그 관계가 이어졌습니다. 언더우드 선교사가 서울에 대학을 설립하고자 할 때, 당시 조선 땅에 있던 대부분의 선교사들은 평양의 숭실학교와 신학교면 족하다면서 반대했는데, 에비슨 박사만은 초지일관 언더우드 선교사의 제안을 지지하고 끝까지 협력했습니다. 언더우드 선교사가 1915년 조선기독교대학(연희전문의 전신)을 설립하고 이듬해 병으로 서거(逝去)하자, 세브란스의학전문학교의 교장이었던 에비슨 박사는 언더우드 선교사를 이은 연희전문의 2대 교장이 되어서 1934년까지 무려 18년 동안 양교의 교장으로서 양교 발전에 크게 기여했습니다. 그리고 에비슨 박사가 조선 땅에 제대로 된 서양식 병원을 세우고자 계획했을 때, 캐나다 토론토에서 잘 나가는 건축가였던 고든(Henry B. Gorden) 선생은 세브란스병원의 건축설계를 무료로 해주었고, 언더우드 선교사는 세브란스병원의 건축 과정에 고든 선생을 초청해서 직접 감독하도록 했으며, 그 결과 동양 최고의 세브란스병원을 건축할 수 있었습니다. 한편 숭실학교와 평양신학교는 장로교 선교사들 중심으로 운영된 학교였지만, 세브란스의학전문학교와 연희전문학교는 장로교, 감리교, 성공회 등 초교파적인 연합으로 운영된 학교였습니다. 드디어 1957년 연희대

별을 던지는 세브란스

학교와 세브란스의과대학교가 합병해서 연세대학교가 된 것은 협력의 극대화를 이루었으며, 최고의 명문대학으로 우뚝 서게 한 근본이었습니다.

하나님께서는 아담을 창조하시고, 돕는 배필로서 하와를 창조하셨습니다. 이로써 사람과 사람의 관계는 서로 돕는 관계임을 알 수 있습니다. 세상 모든 사람은 하나의 생명을 네트워크처럼 구성하는 전체의 일부분으로서 서로 밀접한 관계에 있습니다. 이 세상에서 혼자만 살려고 하는 사람은 다른 사람을 죽이고, 결국에는 자기도 죽습니다. 그러나 다른 사람을 살리려는 사람은 다른 사람도 살리고, 자기도 살게 됩니다. 세계 75억 명의 사람들은 불과 몇 명만 거쳐도 모두가 아는 관계로 이어진다고 합니다. 따지고 보면, 한 분 하나님 아버지의 자녀들로서 모두가 형제이고 자매인 셈입니다. 그러므로 우리 연세의료원의 교직원들은 정부와의 협력, 지역사회와의 협력, 교회와의 협력, 국내외 다른 대학과의 협력, 동문과의 협력, 노사 간의 협력, 각 병원 간의 협력, 의사와 간호사 간의 협력 등을 통해서 모두가 함께 사는 세상을 만드는 일에 앞장서야 할 것입니다.

연세의료원은 12,000여 명의 교직원들과 2조 원의 예산으로 운영되는 대단히 큰 병원입니다. 리퍼트(Mark W. Lippert) 주한미대사의 피습과 메르스 사태 때 잘 대처함으로 국민에게 크게 신뢰받는 병원이 되었고, 국가고객만족도(NCSI)에서는 6년 연속으로 1등을 한 병원입니다. 그러나 연세의료원의 진정한 자랑은 그 어떤 것보다 전체 교직원들이 기독교 정신에 근거해서 헌신적으로 일하고자 노력한다는 데 있습니다. 그래서 나는 연세의료원의 정신을 계승, 강화, 발전시키는 데 작게라도 기여하는 청지기로서 일하고 싶은 것입니다.

이제 글을 마감하면서 한 문단을 더 추가하려고 합니다. 그것은 이 책을 덮기 위한 마지막 통과의례이기도 합니다. 우리가 정성을

별을 던지는 세브란스

다해 출판한 이 책 연세의료원 의료진의 감동 수기 하나하나는 연세의료원의 기독교 정신이 여물어서 쓰인 것들입니다. 우리는 이 책을 읽으면서 '하나님께서 우리 의료진들을 어떻게 부르시고 사용하고 계시는지', '우리 의료진은 하나님의 부르심에 어떻게 응답하고 일하고 있는지', 그리고 '기독교 의료기관인 연세의료원은 어떤 정신으로 이어져 왔고, 환자들은 그곳에서 무엇을 경험하고 있는지' 등을 알 수 있었을 것입니다. 나는 이 책이 출판되기까지 수고한 손길들을 결코 잊을 수가 없습니다. 무엇보다 자기 삶의 일부를 글로써 솔직하게 보여주신 글쓴이들 한 분 한 분에게 감사를 드리고, 다소 투박했던 글을 정성을 다해서 매끄럽게 손질해주신 수필작가 안옥수 선생님께 진심을 담아서 감사를 전합니다. 또한 연세의료원의 수장으로서 모든 구성원들과 눈높이를 맞추는 가운데 새로운 역사를 쓰기 위해서 불철주야로 애쓰시는 윤도흠 의료원장님께는 이 책이 출판되기까지 지지하며 아낌없이 지원해주시어서 무어라고 감사를 드

려야 할지 모르겠습니다. 원고를 수집하고 전달하는 과정에서 수고
한 신광철 목사를 비롯한 우리 원목실의 식구들에 대해서는 언제나
한마음으로 동역해주어 자랑스럽고, 고마울 따름입니다.

이 책을 읽으신 독자 여러분도 자신의 삶의 자리에서 하나님과 동
행하는 가운데 이웃 사랑의 역사를 새롭게 써나가시기를 살아계신
예수 그리스도의 이름으로 축원합니다.

2017년 3월
연세대학교 의료원 원목실장 겸 교목실장
정종훈

별을 던지는 세브란스